첫 사회생활을 시작하는 너에게

송정연＊송정림
지음

첫
사회생활을
시작하는
너에게

샘앤파커스

아들에게 보내는
편지

　○ 아들이 어렸을 때, 갑자기 외계인이 와서 우리 아들을 데려가버릴까 봐 남편과 교대로 아기 머리맡을 지킨 적이 있었습니다. 그만큼 귀한 아들입니다. 세상 모든 것을 다 준대도 아이에 대해서는 추억 한 조각도 바꾸지 않을 그런 아들입니다. 세상 모든 엄마의 마음이 그렇겠지요.

　건강만 해줘, 라고 기도하며 키웠는데 그 기도대로 아이는 건강하고 밝습니다. 그렇지만 '엄마의 직업은 걱정'이라는 말이 맞나봅니다. 자나 깨나 걱정입니다. 스무 살 성인이 되면 걱정이 줄어들까 했는데 잘할 때도 교만할까 봐 걱정, 못할 때는 좌절할까 봐 걱정, 걱정 걱정 또 걱정입니다.

　아이가 어린 시절, 잠시 베를린에 산 적이 있는데 그때도 늘 아이 걱정을 하니 남편이 저를 '프라우 조르게'라고 불렀습니다. '걱정 부인'이라는 뜻이지요. 아이는 하늘이 다 키워주고 마을이 함께 키워준다고 걱정을 놓고 살라고 하지만, 그래도 모르는 것이 많아 자기도 모르게 무례할까 봐, 또 기존 질서들을 놓쳐서 상처받고 위축될까 봐, 모든 것이 다 걱정입니다.

아들아, 라고 발음만 해도 제 마음에 물기가 생깁니다. 그만큼 사랑하기 때문입니다. 부모는 아이가 처음 만난 스승이자 맨 마지막까지 남을 스승입니다. 평생 아이를 가르치기 위해 아이 곁에 서 있는 사람이 부모입니다. 신이 일일이 곁에 있어줄 수 없어 어머니를 그 곁에 두셨다는데, 과연 신이 내려주신 그 역할을 제가 잘해내고 있을까 마음 졸이며 아들에게 하나하나 일러주고 싶은 것들을 써봤습니다.

거창하거나 철학적인 글은 아닙니다. 상갓집에 가서 조

문하는 법부터 식사 예절이며 공연장 예절 같은, 사소하지만 알아두면 좋을 것들을 썼고, 인간관계에 도움이 되거나 진로 고민에 보탬이 되는 말들도 썼습니다. 연애와 결혼에 대한 조언, 돈에 대한 관점, 힘들 때의 당부, 외로움 퇴치법과 적응법 등 지구인으로서 필요한 신호등과 삶의 이치와 처신에 대한 잔소리입니다.

어느 날인가부터 아이가 가장 잘하는 말, "알아서 할게요." 그러나 알아서 하지 못할 일들이 사실 아직도 있습니다. 알아서 하겠다는 아이를 붙잡고 얘기하면 엄마 잔소리밖에 되지 않습니다. 잔소리 대신 아이 책상에 살짝 이 책을 놓아주면 어떨까요? 출근하는 아이 가방에 슬쩍 넣어주면 어떨까요?

산 너머 산인 인생길의 초반부를 걷고 있는 젊은 친구들에게 뜨거운 응원의 박수를 보냅니다. '그저 바라만 보고 있지, 그저 눈치만 보고 있지, 그저 속만 태우고 있지'라

는 노래 가사처럼 아이의 뒤에서 애만 태우는 엄마들에
게도 격려와 응원의 박수를 보냅니다.

＊송정연

PART 1.

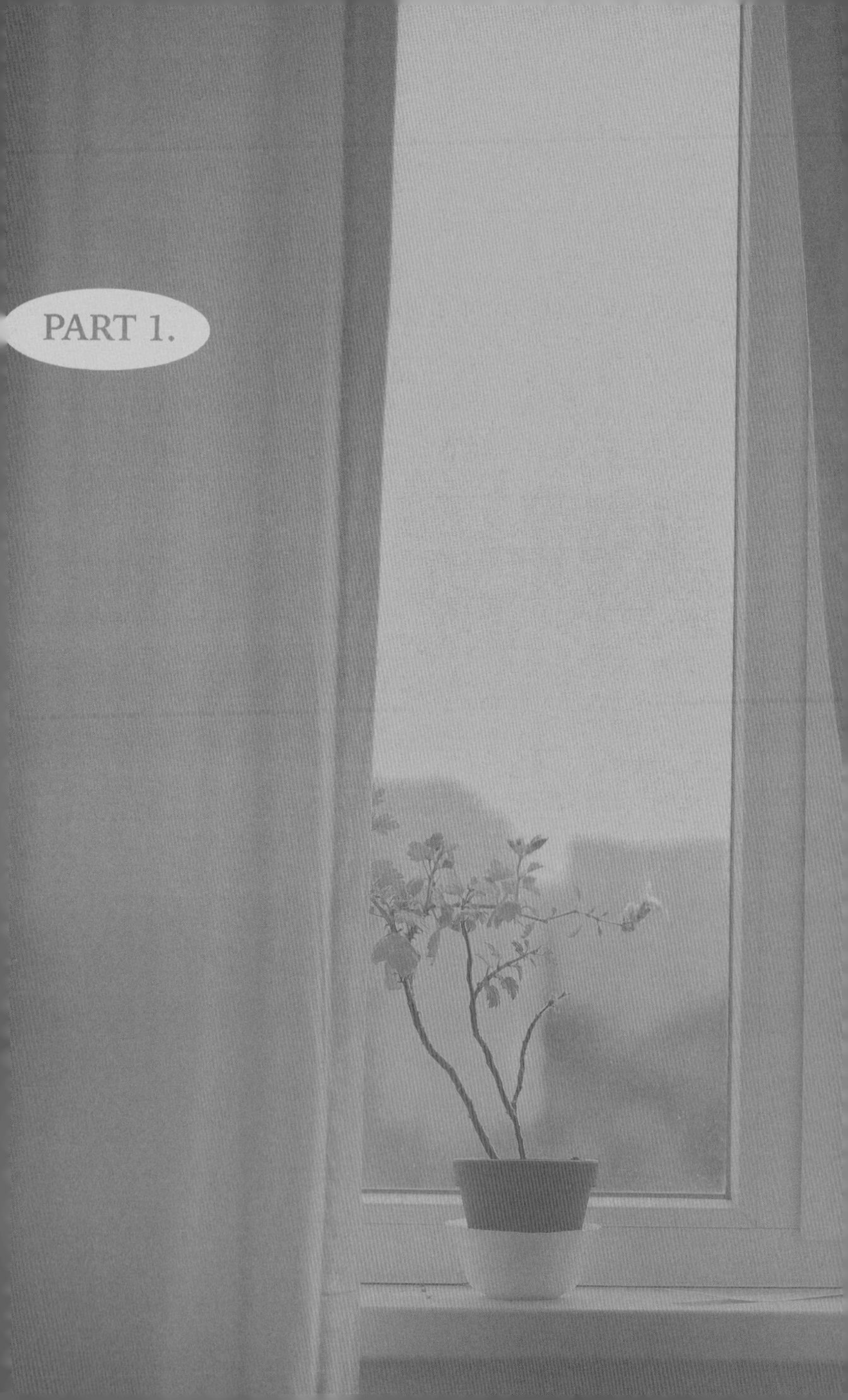

관계 맺기

사람과 사람 사이

" 다른 사람에게 호감을 받으려면
어떻게 해야 해요? "

수많은 격언에서는 쉽게 말하는 것들이 너에게는 너무나 힘들게 느껴질 때가 있을 거야. 원수를 사랑하는 일도 힘들고, 자신을 아는 것도 힘들고, 야망을 품고 그것을 이루는 것도 힘들고, 99퍼센트의 노력을 다하는 일도 힘들어.

그중에서도 가장 힘든 일은 사람과 사람 사이의 관계라고들 하지. 사회에 나가면 인간관계가 정말 중요한데 그건 매뉴얼도 없어. 사물은 어떻게 작동하는지 알 수 있고, 날씨도 예보를 해주니 예측할 수 있고, 기계는 사용법이 있고, 요리는 요리법이 있지만, 사람을 대하는 일은 매뉴얼도 없고 예보도 없고 뚜렷한 학습법도 없어. 특히 막무가내로 자신의 입장만 내세우는 사람은 정말 어찌해볼 도리가 없지.

사람과 사람이 만나 서로 교류하는 인간관계는 이 사회를 움직이는 기본 원리야. 어렵다고 피해버릴 수 없는 거란다. '나 아닌 다른 사람의 마음을 얻고, 그에게 다가가는 것'은 우리 삶의 필수 요소거든. 그렇다면 그 사람의 마음을 얻는 방법은 어떤 게 있을까? 미국의 유명한 자서전 작가인 잭 앤더슨에 의하면 미국의 존슨 대통령은 '사람들로부터 호감을 받기 위한 10가지 원칙'을 늘 서랍 속에 넣어두고 있었다고 해. 그 원칙들은 이렇단다.

＊ 사람의 이름을 기억하라.

＊ 함께 있는 것이 상대방에게 아무런 고통을 주지 않는, 오래된 구두나 모자 같은 편안하고 원만한 사람이 되어라.

＊ 어떤 일에도 마음이 흔들리거나 격하지 않게 해라.

＊ 자랑하거나 뽐내거나 모든 것을 다 알고 있다는 인상을 주지 마라.

＊ 사람들과의 교제에서 보람을 느끼는 폭넓은 사람이

되도록 하라.

* 성공한 사람에게는 축하의 말을, 슬퍼하거나 실망한 사람에게는 위로의 말을 전하는 기회를 놓치지 마라.

* 의식적으로라도 자연스럽게 해라.

* 자기 취향대로 사람에 대해 좋고 싫음을 내세우기 전에 사람들을 좋아하도록 노력해라.

* 과거의 오해든, 지금 가지고 있는 오해든 모든 오해를 없애도록 해라.

* 사람들의 정신적인 힘이 되어야 한다. 그건 자신의 큰 힘이다.

너에게 늘 강조하는 말이 있지. 'Like Calls Like', 호감이 호감을 부른다는 서양 격언 말야. 호감은 자연히 주어지는 것이 아니라 내가 만들어가야 하고 노력해서 얻어내야 하는 것이란다. 누군가에게서 호감을 얻고 싶다면 내가 먼저 그를 좋아해야 해. 그냥 좋아지는 것이 아니라 애써 온 마음을 다해 좋아해야 하는 거야.

윈스턴 처칠의 고모는 처칠의 비서가 되려고 하는 사람에게 이렇게 말했다고 해. "그를 만나고 5시간 정도 지나면 그의 흠이 모두 보일 겁니다. 그런데 장점을 발견하는 데는 평생이 걸려도 모자랄 겁니다." 사람에게는 누구나 단점도 있고 장점도 있어. 하지만 그의 단점만 보는 사람도 있고 그의 장점만 보는 사람도 있어. 칼릴 지브란도 이렇게 말했잖아. '우리 인간의 가장 큰 단점은 다른 사람의 단점을 찾는 데 너무 몰두한다는 점이다.' 인도의 정신적 지도자 간디는 생전에 사람들의 단점을 바라보는 것을 단호히 거부했다고 해. 간디가 보내는 신뢰와 칭찬에 힘입어 수많은 사람들이 자신의 한계를 극복하고 큰 성공을 거둔 지도자로 성장한 거야.

상대방이 변하기를 원한다면 드러난 약점을 들춰내기보다는 숨어 있는 장점을 캐내야 해. 사실, 사람을 고친다는 자체가 무리인지도 몰라. 남의 '단점 교정자'가 되는 것이 아니라 남의 '장점 발견자'가 되는 것은 어떨까. 그 사람을 좋아하면 그도 나를 좋아하고 그 사람을 칭찬하면 그도 나를 칭찬해. 내 곁의 그 사람의 장점을 보고 그의 손을 잡아준다면, 그의 어깨를 두드려준다면, 그에게 '난 널 믿는다'는 신뢰를 보내준다면, 그에게도 너에게도 놀라운 삶의 기적이 일어난단다.

호감을 받기 위해선 언제나 밝은 얼굴을 하렴. 몸 전체에서 밝은 빛을 발하는 사람이 되렴. 밝다고 해서 마구 웃어대는 사람이 아니고, 떠들썩하게 밝아지는 것이 아닌, 동작 하나하나에서도 밝은 분위기를 띠는, 그런 사람 말야. 세상 사는 일에 긍정적이면서 타인과 함께 늘 웃는 사람, 다른 사람들에게서 좋은 점을 발견하면서 자신의 일을 사랑하는 사람. 이런 사람들 주변에는 늘 사람이 많아. '밝음'이란 저항하기 힘든 매력이니까.

" 좋은 대화를 나누려면
            어떻게 해야 해요? "

나는 직업 특성상 다양한 사람들을 만나게 되는데 그중에는 다음에 또 만나고 싶은 사람이 있고, 다음에는 만남을 피하게 되는 사람이 있어. 한번 대화를 나눠보면 그 사람이 다시 만나고 싶은 사람인지, 만나는 것이 즐겁지 않은 사람인지 알 수 있거든. 난 네가, 만나서 대화를 해보니 다음에도 또 만나서 즐겁게 이야기를 나누고 싶은 그런 사람이었으면 해.

살다 보면 이런저런 실수도 하게 되는데 가장 후회되는 실수가 바로 말실수야. 다른 실수는 나 혼자 상처받는 경우가 많은데 말실수는 상대방의 마음을 해치게 되니까 말실수를 특히 조심하게 되더구나. 하지만 아직도 말실수를 해놓고 후회하고, 아직도 대화법에 미숙하니 우리는 어쩔 수 없이 평생 공부하며 살아가는 존재인가 봐.

너에게 대화의 매너에 대해 잔소리하는 것은 사실 내가 나에게 하는 잔소리이기도 하단다. 우리가 늘 하는 말…. 그 말의 힘은 참 대단하지. 한마디의 말이 날카로운 칼이 되기도 하고 한마디의 말이 솜처럼 따뜻하고 부드럽기도 해. 그중에 어떤 쪽을 택하고 있을까.

우선, 누군가와 대화를 나눌 때는 상대의 눈을 보렴. 간혹 다른 곳을 보며 이야기하는 사람이 있는데 그래도 너는 그 사람 눈을 부드러운 시선으로 봐주렴. 그리고 자주 미소 지어주렴. 온화한 표정처럼 중요한 대화법이 또 있을까. 밝은 시선으로 상대의 눈을 보면서 종종 미소를 지어주면 대화하는 상대방의 마음이 환해진단다.

그리고 말하기보다 더 많이 들으려고 노력하렴. 상대의 말을 귀담아 듣는 '경청'은 그 어떤 달변보다 멋진 대화법 이라는 것을 명심해. 영국의 수필가인 윌리엄 해즐릿도 '대화에서의 침묵은 위대한 화술'이라고 했어.

또, 누군가와 대화할 때 머릿속에 떠오르는 생각들을 모두 입 밖으로 꺼내지는 마. 말로 내뱉기 전에 생각의 점검이 필요해. 모든 생각을 다 말로 하는 건 돌이킬 수 없는 실수로 연결되기도 해. 말 때문에 인간관계가 틀어지는 경우도 많이 봤단다. 오죽하면 우크센 세르나라는 현인이 이런 말을 남겼겠니. '잘 생각하지도 않고 하는 말은 겨누지 않고 총을 쏘는 것과 같다'고 말야.

그리고 다른 사람이 말할 때는 도중에 끼어들지 마. 상대로서는 지금 아주 중요한 말을 하는 것일 수도 있어. 그런데 깜박이도 없이 끼어드는 것은 비호감이야. 설령 그 사람이 나와 다른 생각을 말하고 있다 해도 일단 다 듣고 나서 신중하게 네 생각을 말하는 게 좋단다. 밖으로 내뱉기 전에 이 말은 해도 되는 것인지를 생각하는 시간을 가지렴. '말하는 건 천천히, 듣는 건 빠르게. 말하는 건 게으르게, 듣는 건 부지런히.' 이 대화법을 명심하렴.

만일 너에 대해 비판하거나 부정적인 말을 해도 긍정적인 표정을 지으며 포용하는 사람이 되렴. 내가 다 옳다는 식으로 억지 주장하거나 우기면 즐거움은 사라지고 어색하고 불편한 자리가 되어 버린단다. 오히려 그런 지적을 해줘서 감사하다는 마음의 자세가 필요해.

'경청'에 이어서 또 하나의 중요한 대화법은 '칭찬하기'야. 다른 사람 칭찬은 아끼지 말고 하렴. 아첨이 아니라 진심이 담긴 칭찬은 상대를 참 기분 좋게 한단다. 또 하나, 이건 가장 중요하게 얘기하고 싶은데 대화할 때 상대에게 100퍼센트 집중해야 해. 대화하는 중에 계속 휴대폰이 울리고 문자를 보내고 하면 산만한 사람이라는 인상과 함께 불쾌함까지 준단다. 앞에 앉아 있는 사람을 별로 중요하지 않게 생각하는 것 같거든.

만일 꼭 받아야 할 전화가 있다거나 꼭 보내야 할 문자가 있다면 사전에 양해를 구하는 게 좋아. "죄송하지만 받아야 할 전화가 있습니다. 양해 부탁드립니다." 또는 "급한 업무로 문자 보내도 될까요?" 하고 양해를 구하고 가능하면 다른 곳으로 가서 전화를 받거나 문자를 보내는 게 좋단다. 계속 시계를 보면서 바쁜 티를 내거나, 휴대폰을 들여다본다든가, 창밖에 자꾸 시선을 둔다든가, 다른 자리를 계속 신경 쓴다든가 하는 것은 상대를 무시하는 인상까지 줄 수 있어. 대화에 최선을 다해 집중하고 100퍼센트 전념하는 모습은 귀한 사람으로 대접해주는 느낌과 함께 좋은 인상을 상대에게 남긴단다.

그리고 여러 사람과 대화하는 상황도 있잖아. 그럴 때 한 사람만 보면서 계속 그 사람과만 대화를 나누는 것은 예의에 어긋나는 거야. 다른 사람들에게도 시선을 적절히 주면서 모두 즐겁게 대화할 수 있도록 하는 게 좋아. 대화에 끼지 못 하는 사람을 배려해서 그 사람과의 공동 관심사를 이끌어내 같이 이야기를 나누도록 해. 그러기 위해서는 가능하다면 대화 상대에 대해 사전에 알아두면 좋겠지. 취미라든가 현재 가족 상황이라든가 살고 있는 곳, 꿈 등을 알아두면 대화가 자연스럽게 흘러가게 된단다.

그리고 같이 모여서 대화하거나 여러 사람이 모인 공간에서, 예를 들면 사무실 같은 데서 아무리 화가 나는 일이 있어도 언성을 높이지 않게 조심하렴. 자칫 '화를 많이 내는 사람'이라는 인상을 동료나 상사들에게 줄 수 있거든. 그 인상은 한번 박히면 오래 가게 돼. 가능하면 따뜻하고 밝은 어조로 긍정적인 내용의 말을 하는 게 좋아.

우리가 하는 말에는 꼭 아껴야 하는 말도 있고 절대 삼가야 할 말도 있어. 그리고 전혀 아낄 필요가 없는 말이 있단다. 그중에 전혀 아끼지 않아도 되는 말, 바로 칭찬과 고마움과 사랑의 언어들을 많이 전했으면 해.

친한 사이에서도 해서는 안 되는 말과 꼭 해야 하는 말이 있어. 그중에서 우리는 어쩌면 해서는 안 되는 말들을 더 많이 하고 사는지도 몰라. 친한 사이라고, 가족이라고 아무렇지도 않게 마음 아프게 하고, 기가 죽는 말을 던지고 있는 것은 아닐까. 내 곁을 지켜주는 그 사람들, 편한 사람, 친한 사람, 늘 함께하는 가족이 내가 가장 보살펴야 할, 가장 조심해야 할, 그리고 가장 따뜻하게 감싸야 할 사람들이야.

이런 말을 습관처럼 사용해보는 건 어떨까. "잘될 거예요" "도울게요" "이해해요" "고마워요"…. 1초밖에 안 걸리는 이 말이 누군가를 행복하게 한다.

" 리액션이 왜
중요할까요? "

🌱 내가 늘 강조하는 말 중에 리액션을 잘하라는 말이 있지. 리액션만 잘해도 호감도가 급상승하게 돼. 그리고 리액션을 하면 그 순간 자신에게도 행복이 아주아주 크게 부풀어서 다가온단다.

엄마 친구 중에도 리액션이 풍부한 친구가 있는데 그 친구는 날씨가 흐리면 흐린 대로, 비 오면 비 오는 대로, 맑은 날은 맑은 날대로 다 좋은 날씨라고 표현해. 그리고 아주 사소한 일에도 자주 감동하고 자주 감탄해. "완전 좋아!" "우와! 정말 고마워." 무슨 말인가를 하면 즉각 반응하며 감탄사를 터뜨려. "진짜?" "정말?" 아주 작은 선물을 해도 "아, 정말 고마워" 하며 눈물까지 반짝여.

우리 안에는 차가운 이성과 뜨거운 감성이 공유하지만 그 친구는 특히 감성 뇌가 활발하게 작동하나 봐. 꽃향기를 맡고, 나뭇잎의 율동과 하늘의 구름 쇼를 보는 것만으로도 감탄사를 터뜨리곤 하니까. 그래서 그 친구 별명이 '만년 소녀'야. 실제로 나이를 잊고 사는 듯 보여. 그래서인지 피부가 맑고 동안이야. 그렇게 감동하는 일이 많고 감탄사를 터뜨릴 일이 많으니 건강도 좋아. 행복으로 느끼는 일이 가득하니 아플 일이 없는 거지.

어느 외국 언론에서 음악가들의 수명을 조사했는데 19세기 말까지 탄생한 작곡가 95명, 연주가 119명의 수명을 조사한 결과를 보면, 지휘자의 평균 수명이 76세였다고 해. 피아니스트가 73세, 바이올리니스트가 70세로 그 시기 수명으로 보면 대부분 엄청 장수한 거지. 뿐만 아니라 그들은 세상을 떠나기 직전까지도 연주 활동을 멈추지 않았대.

음악가들은 왜 장수하는 걸까? 사람의 대뇌는 좌뇌와 우뇌로 나뉘어져 있어. 좌뇌는 계산과 논리, 언론, 언어 기능을 갖는 '이성 뇌'이고, 우뇌는 정서, 감정, 미의식 등 비논리적 기능을 담당하는 '감성 뇌'야. 학교에서 우등생들은 대부분 좌뇌인 이성 뇌를 사용하는 사람이고, 사회에서 승진하고 출세하는 사람들 역시 대부분 우수한 좌뇌 소유자들이지. 그런데 좌뇌가 우수한 사람들은 계속 긴장하며 살고 투쟁 본능이 강하다고 해. 그래서 성공은 빠를지 몰라도 병에 노출될 위험이 많지. 반면에 감성적이고 창조적인 우뇌가 발달한 사람들 중에 인류 역사에 훌륭한 업적을 남긴 사람들이 많아. 감성 뇌가 발달한 사람들은 장수를 했고, 이성 뇌를 자주 사용하는 사람들은 비교적 수명이 짧다는 것이 연구 결과로 나와 있어. 그런 점에서 감성이 풍부하다는 것은 장수의 체질을 타고났다는 게 돼.

언제나 소녀처럼 감탄사를 터뜨리고 아주 작은 일에도 감동하는 친구, 그래서 나에게 그 친구는 자주 만나고 싶고 자주 통화하고 싶어지는 친구란다. 감동의 기를 받게 되니까. 그러나 어떤 선물을 해도 아무 반응이 없고, 어떤 말을 해도 무반응인 사람들, '노액션'의 대가들도 참 많아. 그 마음에 고마움이 담겼을지 아쉬움이 담겼을지, 무엇인가를 건넨 사람은 불안하고 안타까워. 그래서 사람들과는 별로 친하고 싶지 않게 돼.

리액션은 가능하면 그때그때 바로바로 하는 게 좋아. 선물을 받았으면 그에 대한 고마운 마음을 표현하렴. 꼭 필요한 물건이었는데 어떻게 알아서 선물해주었는지 감탄하고, 잘 어울린다고, 잘 쓰겠다고, 감사하다는 마음을 어떤 방식으로든 전하렴.

그리고 식당에서 식사를 하고 나설 때도 식당 주인에게 마음을 표현하는 게 좋겠지. "잘 먹었습니다" "아주 맛있었습니다" 손님의 이 말 한마디가 식당 주인에게 얼마나 힘이 되겠니. 종업원이 친절하면 그 종업원이 아주 친절했다고 피드백을 주고, 밥이 맛있으면 아주 맛있었다고 표현해주는 것, 그리 어려운 일도 아닌데 잘 하지 않게 되는 일이야. 돈을 내고 먹는 것이긴 하지만 음식을 차려 주는 분이니 얼마나 고맙니. 돈을 지불하기는 하지만 친절하게 대해주니 또 얼마나 고맙니.

지불하는 몇 푼의 돈을 빼고 보면 다들 정말 고마운 분들인 거야. 그러니 조금 오버액션하며 참 맛있었다고, 참 친절해서 고마웠다고, 다시 꼭 오고 싶다고, 그렇게 인사하는 손님이 되렴. 옷을 살 때도, 책을 살 때도 친절히 대해주는 타인들을 많이 만나게 되잖아. 그럴 때마다 고마우면 고맙다고 표현하길 바란다. 친구를 만날 때도, 은사나 상사를 만날 때도 반가우면 반갑다고 표현하고 말야. 다른 말은 다 줄여도 그런 말은 줄이는 게 아니란다.

" 현명하게 거절하는

　　　　　법이 있나요? "

＊ 라디오 일을 하다 보면 청탁하는 일이 많아. "인터뷰하고 싶은데 시간이 가능할까요?" "출연 가능하세요?" "코너 게스트로 모시고 싶은데 시간 낼 수 있으세요?" 일주일에 몇 번씩 이 얘기를 하면서 느끼는 것은 매너 없는 사람들이 생각보다 많다는 거야. 방송 화면에는 제법 멋지게 나오고 인간적으로 나오는데 통화해보면 실망하게 되는 사람이 꽤 있어. 거절을 해도 꼭 상대의 감정을 상하게 하는 사람들이 있더구나.

그런데 또 반대로, 거절을 해도 기분 좋게 해서 오히려 거절당한 후 팬이 되는 경우가 있어. TV만 틀면 여기저기서 다 나오는 절정의 인기 스타인데 이런 답 문자가 왔어. "저를 초대해주셔서 감사해요. 그런데 어쩌죠? 제가 그 시간에 늘 하는 게 있어서요. 당분간 스케줄이 꽉 차 있어서 시간을 낼 수 없네요. 아쉽습니다. 저를 떠올려

주시고 초대해주신 것에 대해서 감사드려요." 이런 스타는 거절당해도 기분이 좋고 늘 응원하는 마음을 갖게 된단다. 내가 일한 세월만큼이나 나는 거절을 당해온 거 같네. 그러다 보니 깨달은 게 있어. 적어도 거절의 매너는 갖추고 살아야겠다는 생각. 거절할 땐 "어쩌죠?"라고 붙인 뒤에 거절의 이유를 아주 간단히 명확하게 밝힌 사람이 가장 돋보였어.

세상은 너무 거절의 말을 함부로 한다는 생각이 들어. 입시 결과나 취업 시험 결과도 아닌데 마치 '불합격'이라는 도장이 찍힌 기분을 느끼게 하는 거야. 하기야 어떤 오디션 프로그램을 보는데 거기서도 불합격 스탬프를 찍는 게 너무 마음이 아팠어. 그 도장 대신 '아쉽습니다'라는 표현으로 바꾸면 안 되나 싶더구나. 합격한 사람은 '축하합니다. 합격입니다'라고 하고, 떨어진 사람은 '아쉽습니다. 다음 기회에─'라고 쓰면 안 되나 싶어. 어쩌면 내가 예전에 대학 시험에서 불합격을 여러 번 받아봐서 그런지도 몰라. 그 말이 나에겐 너무나 아프게 남아 있어서 남들에게는 그런 마음의 상처를 주고 싶지 않아. 'No' 대신에 쓸 말들은 많아. 아쉽다, 죄송하다, 다음에…. 돈 드는 말도 아닌데 왜 그런 말들을 못 쓸까. 그래서 그런 말을 정중하게 써주는 사람들이 따뜻해 보이고 그런 말을 쓰는 매니저나 연예인이 멋져 보이고 고맙게 느껴져.

대학 시절에 난 숱한 거절의 강자들을 만났어. 교지 편집실에서 일했던 나는 다른 학교 교수님께 청탁을 갔는데 그 교수님이 그러시더구나. "나 그 학교 교지에 글 안 써. 적어도 명문대 외에는 안 써." 귀를 의심하는 그 말, 이게 실화일까 할 정도로 충격을 받았지만 돌아서서 나오며 속으로 생각했어. "당신 같은 사람 원고 안 받길 잘했네요. 그런 원고는 쓰레기일 테니까." 몇 달 후, 한 유명한 시인에게 원고 청탁을 했는데 그 시인은 또 이러는 거야. "학교 교지, 그거 써도 얼마 돈도 못 주잖아. 나 안 써." 그렇게 거절당하면서 진짜 마음의 상처를 많이 받았어. 어른들의 지성을 믿었는데 와르르 무너지는 순간이었지. 구름 위에 뜬 기분이면 그런 말을 맘대로 내뱉을 수 있는 걸까. 아래 세상이 안 보일지 모르지만 그 구름 언젠가 걷힐 날이 올 거라고 생각했어. 옷걸이에 걸친 옷이 마치 영원히 자기 것인 것마냥 여기는 사람들, 그런 사람들은 마음속에 오만이 가득하기 때문에 거절을 해도 막 내뱉을 수 있나 봐. 원고 청탁하러 온 스무 살짜리 여대생, 시시하고 허술해 보였으니 얕잡아봤겠지.

그런가 하면 거절을 당하고도 팬이 되는 경우가 있어. 거절을 해도 상대의 마음을 헤아려주는 사람들은 세상을 따뜻하게 만든다. 늘 예스만 하며 살 순 없는 게 인생이기에 나도 여러 번 거절해야 할 때가 있었어. 그럴 때 내가 지금 그 청을 들어주지 못하는 상황임을 설명하고 양해를 부탁하거든. 그리고 일단 요청해준 데 대해, 나를 떠올려준 데 대해 감사를 꼭 전한다.

나에게도 부탁이 종종 들어오는데 특히 돈을 꿔달라는 부탁이 꽤 들어와. 일단 그런 전화가 오면, 얼마나 힘들었으면 나에게까지 전화했나 싶어 마음이 아파. 세상에서 가장 힘든 게 쌀독에 쌀 떨어지는 일이라고 하거든. 돈 없는 일이 얼마나 고통스러운 일인지는 겪어보지 않은 사람은 모를 거야. 사실 돈이 야속한 거지 사람이 야속한 건 아니라는 생각에 일단 가능하면 무리하지 않는 이상 돈을 꿔주려고 하는 편이었어. 그러나 안 되는 상황에서는 솔직하게 말하고 들어주지 못해서 미안하다고 해.

주위의 친한 사람이 아니라 평소 가깝지 않던 사람인데 갑자기 전화 와서 돈 얘기를 하면 그 사람과 나와의 거리를 생각해보게 돼. 그 사람과 나의 거리가 1,000미터라면 그 사이에 있는 사람들에게 다 전화를 했던 걸 거야. 가족과 친구들을 다 거치고 나에게까지 손을 내민 걸 거야. 그러다 보니 정말 곤혹스럽고 당황하게 되는데 누군가는 그러더구나. 돈 빌려달라고 하는데 못 빌려줄 경우 그 돈의 1퍼센트를 그냥 준다고. "미안하다. 내가 줄 수 있는 게 이것뿐이다"라면서 말야.

매정하게 거절하기보다 이런저런 사정으로 지금 꿔줄 돈이 없다든가 사정을 말하면서 거절하는 게 나아. "네가 뭔데 내가 너에게 돈을 꿔줘? 너에게 받을 가능성이 없는데 왜 너에게 돈을 꿔줘?"라고 냉혹하게 거절하는 사람들이 있어. 그러진 말자. 노를 해도 기분 좋게 하는 거절의 미학을 아들도 잘 터득하고 예쁘게 거절하는 멋진 사람이 되면 좋겠다.

" 친절을 베풀면

내게도 돌아오나요? "

우리가 만나는 사람들 중에 그냥 스쳐지나가는 인연도 많지. 그러나 그 어떤 인연도 그냥 소홀히 넘겨버려도 되는 인연은 없단다. 파리의 고서점 셰익스피어 앤 컴퍼니의 입구에는 이런 문구가 적혀 있다고 해. '낯선 이에게 친절하라. 그는 변장한 천사일지도 모른다.' 우리 속담에는 옷깃만 스쳐도 인연이라는 말이 있잖아. 그러니 오가다 만난 인연도 얼마나 소중한 인연인 거겠니.

내 경험도 언젠가 말해준 적 있을 거야. 택배 청년 이야기 말야. 언젠가 택배가 와서 문을 열었는데, 택배 기사였던 그 청년은 스무 살이나 됐을까. 앳된 얼굴을 한 청년이었어. 택배 물건을 받고 돌아서려는데 그 청년이 떨며 말을 건넸어.

"저… 작가 선생님이시죠?"

유명한 작가도 아닌데 나를 어떻게 아느냐고 물었지. 그랬더니 자기 꿈이 작가라고, 그래서 알게 되었다고 했어. 열심히 하라고 응원해주고 돌아서려는데 청년이 다시 말을 걸었어. "저… 저…" 몇 번이나 연습을 한 듯 젖 먹던 힘까지 내는 듯 어려운 용기를 내서 말했어. "저기… 악수 좀 해도 될까요?"

웃으며 손을 잡아주고 꼭 꿈을 이루라고 말해주었단다. "감사합니다! 정말 감사합니다!" 몇 번이나 인사한 그 청년은 우리 옆집으로 또 다른 택배를 배달하러 갔어. 집에 들어와 생각해보니 그 청년이 내게 말을 걸기까지 얼마나 많은 용기가 필요했을까 싶었어. 나 역시 그런 시절이 있었으니까. 나는 얼른 내 책 한 권에 사인을 하고 '꿈을 꼭 이루라'는 메모도 하고 현관문을 열었어. 그 청년이 옆집에 물건을 배달하고 걸어오고 있더구나. 그 책을 내밀었더니 그 청년 얼굴에 놀라는 표정이 퍼지면서 환하게 웃었어. 그리고 메모와 사인을 몇 번이고 들여다보며 눈물을 글썽였어. 만일 그냥 단순히 전해주는 택배 물품만 받고 그 청년도 나한테 말을 걸지 않았더라면 소홀히 스쳐갈 인연밖에 되지 못 했겠지만, 그 작은 인연도 소홀히 하지 않았기 때문에 하나의 좋은 인연이 탄생하게 됐지.

하물며 같은 동네에 사는 이웃이라면 굉장한 인연인 건데 한 번 보고 말 사람이라고 생각하면 안 되지 싶어. 네가 자취를 할 때 위층에서 매일 너무 시끄러운 소리가 나서 참다 참다 한 번은 얘기해야 할 것 같았다고 했지. 그래서 귤 한 봉지를 사들고 메모지를 써서 아주 간곡히 마음을 전했다고 했잖아. 사정이 있으시겠지만 혹시 모르실까 봐서 알려드린다고, 늦은 밤에 쿵쿵쿵 소리가 들리는데 혹시 조금만 주의를 기울여도 되는 일인지 여쭙고 싶다고 말야.

그랬더니 위층 사람이 또 선물을 사들고 메모를 써서 찾아왔다고 했지. 죄송하다고, 홈 트레이닝 하느라 기구를 사용해서 운동을 하는데 퇴근 후에 하느라 밤늦게 했고 쿵쿵 소리가 나는지 몰랐다고. 밑에 매트를 깔겠다고 한 후로 소리도 줄어들었고, 위층 사람과는 아주 잘 지내게 됐다고 했잖아. 예의를 갖춰 네 뜻을 전하면 그쪽에서도 예의를 갖춰 마음을 전하게 되어 있다는 것을 다시 한 번 체험했다는 말을 듣고 너 참 멋지다고 말해주고 싶었어.

그와 비슷한 이야긴데 지인이 이런 이야기를 들려주었어. 위층 아이가 밤늦게까지 쿵쿵 뛰는 소리에 도저히 잠을 잘 수가 없었대. 그런데 아이를 길러본 입장에서 조용히 해달라고 말하기가 미안했다는 거야. 어떻게 하면 좋을까 고심하다가 좋은 방법을 생각해냈어. 그 아이네 집 편지함에 이렇게 편지 한 장을 써 넣었던 거야.

"안녕? 나는 뽀로로야. 나는 밤 11시에는 잠을 잔단다. 너도 11시가 되면 잘 수 있겠니?" 그런데 거짓말 같은 일이 일어났어. 밤 11시만 되면 조용해졌던 거야. 위층 아주머니가 찾아와 전해줬어. 아이가 밤 11시만 되면 잠옷을 입고 침대에 들어가며 이렇게 말한다는 거야. "뽀로로가 11시 되면 잠을 잔대. 나도 뽀로로처럼 11시에는 자야 해." 그러면서 오히려 위층 아주머니가 고마워했다고 해. 아무리 자라고 해도 안 잤는데, 이런 방법이 있는 줄 몰랐다고. 상대에게 바라는 것이 있다면 그 사람 마음으로 들어가야 한다는 것을 지인은 알게 되었대.

내 쪽에 서서 그 사람을 보면 방법이 보이지 않아. 그 사람 쪽에 서서 보면 방법이 보인단다. 불편하더라도 타인의 입장을 먼저 살피는 사람, 화가 날 상황인데도 오히려 웃어주는 사람을 만나면 참 행복해져. 타인을 행복하게 하는 방법은, 타인에게 친절할 수 있는 방법은 약간의 시간과 조금의 마음을 기울이면 되는 일이야.

친절은 파장 효과가 있단다. 친절을 받은 사람은 다른 사람에게 다시 친절을 베풀게 되고 그 사람은 또 다른 사람에게 친절을 전하게 되고⋯. 그렇게 친절의 파장은 사람과 사람으로 이어지며 세상에 퍼지게 돼. 반대로, 불친절 역시 파장 효과가 있어서 기분 나쁜 마음도 멀리 퍼져나갈 수 있어.

저 사람이 나를 만나는 이 순간, 행복했으면 좋겠다 싶은 마음. 그게 친절이야. 작고 사소한 친절이 세상을 조금 더 좋은 곳으로 만든단다.

" 기분 좋은 문자는
어떻게 보내요? "

어느 날 장례식장에 갔다 왔더니 친구가 이런 문자를 보냈어. '정연아. 네가 제일 반가웠다. 우리 가족들 너에게 인사시킬 수 있어서 좋았고. 고맙다.' 그 짧은 문자가 정말 빛났다. 수많은 장례식장에 갔다 왔지만 이런 문자는 처음이었어. 그리고 이런 문자도 저장해두었다. '언니가 와서 제 슬픔을 위로해줘서 정말 위안이 됐어요. 언니가 제 손을 잡아줘서 기뻤어요. 마음을 갚을 수 있게 저도 꼭 경조사 있을 때 연락 줘야 해요. 안 그러면 저 서운할 거예요. 고마워요. 언니.'

많은 사람이 왔다 가는 장례식장. 슬픔에 잠겨 있을 때 문자를 이렇게 개인적으로 보내기가 쉽지 않지. 진심이 들어 있는 문자라서 더 좋았어. 엄마가 돌아가셨을 때 보내준 문자들이 다 고마웠지만 그중에서도 감동적인 문자. '정연아~~~' 아무 말 없이 딱 세 글자만 보낸 친구.

내 이름을 부르는 그 호명에 많은 사랑과 위로가 들어 있다는 걸 알 수 있었어. 진심은 그렇게 울림이 크단다.

의례의 의미로 마음을 표현할 사람들에게는 문자를 단체로 보내겠지만 진짜 네가 고맙다고 생각되는 사람, 마음을 전하고 싶은 사람에게는 단 두어 줄을 써도 개인적으로 문자를 보내렴. 그 사람이 나에게 어떤 존재인지 느끼게 해주렴. 사람은 존재감을 느낄 때, 내 존재를 알아줄 때, 갑자기 세상이 빛난다.

내가 받은 문자들 중에 지금도 잊을 수 없어서 저장해둔 건 이런 것들이야. '정연아, 네가 우리 모임 총무를 맡아주니 좋다. 미인들이 역시 돈 관리도 잘하나 봐. 최고다.' '언제나 저에게 영감을 주는 정연 님. 감사해요. 삶을 함께할 수 있어 너무 행복합니다~' '항상 무한 긍정 에너지를 주시는 미라클 송 작가님. 작가님을 뵌 날은 항상 좋은 일이 생길 것만 같아요!!! 마주침 감사합니다~' '정연아, 네가 이렇게 낭만적인 아름다운 계절에 태어나서 네가 이렇게 예쁘구나. 우리의 인연에 감사드리며, 계속 너의 애교 부탁해.' '언니, 글 쓰느라 전화 못 받았네. 써도 써도 또 써야 하니 이게 내 팔자인가 봐. 그래서 내가 8자를 좋아해.'

그리고 제일 앞자리에 저장해놓은 2014년 12월 9일 방송작가상을 받았을 때 네가 나에게 보낸 긴 문자. '엄마, 다시 생각해봐도 오늘은 정말 멋진 날이었네요. 축구하는 사람들 사이에서 쓰는 말이 있어요. '폼은 일시적이지만, 클래스는 영원하다' 그때그때 컨디션에 따라 폼은 달라지지만 그 사람이 높은 가치를 뿜어내는 사람이면 그 클래스는 자연스럽게 나오게 돼 있다는 말! 오늘 엄마를 보고 그걸 느꼈어요. 오늘 정말 축하드리고요. 사랑합니다 엄마!!'

그 어떤 보약보다 내 웃음을 유발하는 문자들. 이 문자들엔 내 존재감을 느끼게 하는 진심이 들어 있다. 그런 문자를 보낸 사람들과 함께 사는 이 지구별이 행복하다.

" 선물을 잘하는
방법이 있나요? "

◉ 언젠가 네가 살짝 말했지? 아빠는 네가 준 선물을 다른 사람들에게 다 줘버린다고. 아빠에겐 정말 선물하고 싶은 마음이 달아났다며 살짝 서운한 마음을 나에게 비쳤잖아. 아빠는 네가 선물 준 것을 입고 나갔다가도 누가 예쁘다고 하면 기어이 벗어주고 오는 사람이잖니. 그만큼 네가 선물한 것이 굉장히 멋졌다는 의미일 거야.

계속 그런 일이 벌어지자 네가 아빠에게 말씀드렸지. "제가 선물한 거 아빠가 하고 다니시면 제가 기쁠 텐데…. 제가 한 선물이 남아 있는 걸 본 적이 없어요. 제가 선물한 거 아빠가 남에게 줘버리는 거 보면 제가 선물을 잘못 했나, 마음에 들지 않으셨나 생각하게 돼요. 저는 선물을 뭘 할까 생각하는 시간도 즐겁고 선물을 고르는 과정도 좋은데, 그것을 받은 상대도 그 선물이 마음에 들고 행복하면 좋겠는데 아빠가 한 번도 제가 선물한 것을 갖고 계신 적이 없어서 말씀드리는 거예요."

그래, 네 마음은 아빠가 잘 접수했지. 넌 선물할 때 아주 섬세하고 정성 들여 고르고 사잖아. 네 마음 너무나 잘 알고말고. 누군가에게 선물했는데 상대가 그것을 잘 쓰면 그것만큼 기쁜 일이 없지. 반면에 선물한 것을 한 번도 착용하지 않는 거 보면 마음에 들지 않았구나 하는 생각도 들지. 그러나 선물은 주는 순간, 그것은 더 이상 내 것이 아니라 상대에게 완벽하게 넘어가야 한다는 것을 살아오면서 깨우치게 됐어.

엄마가 잘 아는 후배가 결혼을 했는데 시어머니가 명품 가방을 선물하시더래. 그 가방이 너무나 마음에 들어서 방에 잘 놔두고 늘 쳐다봤대. 후배 성격이 그렇다는 거야. 새 신발을 사도 아까워서 바로 신지 못하고 방에 두고 그걸 쳐다보다가 한참 뒤에 신는다는 거야. 그냥 그렇게 하는 게 자기는 행복하대. 가방을 높은 탁자 위에 올려두고 꿀 떨어지는 눈을 하고 바라봤대. 그러다 시간이 조금 지나면 들고 다니겠지. 늘 그래왔던 것처럼.

그런데 어느 일요일, 시아버님 생신 파티 모임에서 시어머니가 "내가 준 가방 왜 안 들고 왔어?"라고 확인하시더래. "왜, 마음에 안 들어?"라고 하시는데 아니라고, 너무 마음에 든다고 하는데도 시어머니가 계속 그러시더래. "마음에 안 든다고 해도 내가 줬는데 예의상 만날 때 들고 왔어야지." 너무 아까워서 잘 모셔두고 있다고 말하는데도 시어머니가 서운해 하시더라는 거야. 그 후 후배에게 그 가방은 스트레스가 되었대. 그 전까지 행복했던 가방이 이젠 족쇄처럼 느껴지더래. 가방의 감옥에 갇히는 느낌이었대.

그래. 선물은 주면 그 순간, 마음까지 그냥 줘버려야 해. 들든 말든, 입든 말든, 쓰든 안 쓰든 그건 이미 상대의 자유야. 선물은 주는 손길에 복이 있다고 생각해. 선물을 고를 때 그 사람의 취향을 생각하며 고민한 것이 허사로 돌아간 느낌이라 서운할 수도 있지만 앞으로는 선물을 준 이상 잊어버리자. 선물을 팔아먹든 잃어버리든 누구를 줘버리든 간직을 하든, 그건 받은 사람의 몫이야. 무엇을 준 다음엔 그 결과를 궁금해하지 않는 게 좋아. 선물을 주는 순간, 그 물건은 이미 상대의 소유가 되는 것이라는 거 잊지 마. 선물을 준 이상, 상대의 것이 됐으니 상대의 소유에 대해서 이러쿵저러쿵하지 말자.

받은 선물을 잘 쓰는 것도 힘들지만 선물을 잘하는 것도 힘들어. 선물을 받으면 그 사람의 마음이 느껴져서 기쁘지. 선물이 마음에 쏙 드는데도 내가 쓰기엔 과분하다 싶어 선물 받은 것을 남에게 주는 경우도 있어. 아빠처럼 말야. 그런데 또 반대로 선물 받은 것이 마음에 들지 않아서 '이걸 어쩌지' 하게 되는 사람도 있어. 그러니 선물할 때는 잘 생각해봐야 할 것이 있어.

선물하는 사람은 고민하고 또 고민해서 골랐을 거야. 그런데 받은 선물이 내가 필요한 것도 아니고 내 취향이 아닐 때는, 쓰기가 애매하고 남 주기도 마음에 걸리고 그럴 때가 있어.

모자를 늘 쓰고 다니는 어떤 사람은 모자 선물을 가장 많이 받는데 그럴 때마다 당황하게 된대. 모자를 좋아한다는 것은, 모자 취향이 확고하다는 뜻이거든. 그러다 보니 가격을 떠나서 그 사람의 마음에 드는 것을 타인이 고르는 것은 힘든 일이야.

스카프를 아주 좋아하는 어떤 선배는, 스카프에 대해서는 정말 특별한 애정과 취향을 갖고 있는데 누가 스카프 선물을 해주면 고민이 살짝 된대. 애써서 선물한 스카프이니 두르고 나가줘야 하는데 스카프 취향이 특별한 분이라 그 선배의 마음에 들기가 쉽지 않은 거지. 그래서 스카프를 받으면 마음은 고마운데 이걸 어쩌지 하게 된다는 거야.

과일 사랑이 유난한 어떤 분은, 누가 과일을 보내오면 당황한다고 해. 다른 데는 무조건 검약하는 사람인데 단 하나, 맛있는 과일에만 호사다 싶을 만큼 돈을 쓰고 사는 사람이라 아주 맛있는 과일만 좋아한다는 거야. 그런데 맛없는 과일이 떡 하니 한 상자 선물로 들어오면 고민이라는 거야. 이걸 어떻게, 언제 다 먹지? 하고.

그 사람이 가장 즐겨 하는 것은 내가 골라봤자 그 사람의 취향을 따르지 못해. 모자를 잘 쓰는 사람에게 모자를 선물하고 싶다면, 늘 쓰는 스타일을 선물하기보다 파격적인 빛깔의 모자를 선물하는 것이 좋아. 갖고 있기만 해도 기분이 좋아지는 빛깔 말야. 스카프도 두르지 못해도 차라리 벽에 걸어도 좋을 정도의 재미있는 스카프라면 웃음까지 선사할 수 있지 않을까.

누가 들으면 선물 받는 것도 과분한데 뭐 그러냐고 할지 모르겠지만, 선물은 받은 사람이 기쁘라고 하는 것인데 부담이 되고 짐이 되는 선물일 필요는 없다는 생각이 든다. 빵을 좋아하는 빵 애호가에게는 평범한, 어느 동네에나 있는 흔한 빵보다는 맛집으로 소문난 집의 빵을 선사하는 게 좋고, 과일 애호가에게는 아주 맛있는 과일이 행복을 준다는 것을 잊지 말렴. 향수도, 술도, 넥타이도, 가방도, 화장품도, 이런 원칙을 감안해보면 좋겠지.

그리고 작은 카드에라도 마음을 적어보는 게 좋아. 이제까지 나와 함께 일한 피디들이 헤어질 때마다 그동안 함께 일해서 좋았다는 카드를 써주는데 그때마다 감동받곤 해. 내가 좋아하는 수국 꽃다발에 마음을 담은 카드를 써서 건네주던 피디, 내가 가장 좋아하는 핸드워시 제품을 어떻게 알고 그걸 건네주던 피디, 영양제와 함께 건강하게 오래 일해 달라는 편지를 준 어느 피디, 별다방 커피 몇 잔이 들어 있는 커피 카드 선물도 감동이었어.

그리고 선물은 여러 가지를 한꺼번에 주는 것보다 한 번에 하나를 주는 게 좋아. 여러 개를 한꺼번에 많이 주면 상대방은 뭘 받았는지 생각이 잘 안 나거든. 나도 내가 좋아하는 사람에게는 마음을 전하는 편이라 한 번에 하나 주는 것을 못 하고 소박한 거지만 여러 개를 챙겨주게 돼. 그래서 친구들 사이에 내 별명이 '산타 바리바리스타'가 돼버렸어. 바리바리 여러 개를 준다고. 이미지 메이킹에 실패한 엄마 맞지? 뭔가 하나씩 깔끔하게 선물한다면 선물 효과가 더 좋았을 텐데.

너는 선물은 한 번에 하나씩, 그리고 꼭 손으로 쓴 메모를 같이 넣어서 줘봐. 메모 없이 받은 선물은 잊히기 쉬운데, 메모나 편지와 함께 받은 선물은 오래오래 간직되었다가 어느 순간 그리움을 부르더구나. 작은 메모가 세월이 흘러 별처럼 반짝일지도 몰라.

선물은 주는 사람이나 받는 사람이나 행복한 거야. 어릴

때 크리스마스에 받던 선물처럼 인생은 선물이 있어서
행복한 거야. 우리, 그 행복을 줄 줄 아는 사람이 되자.

"칭찬을 잘하려면
어떻게 해야 해요?"

● 어느 날 네가 그랬지. 대표님이 지나가다가 너에게 "고생 많지?"라고 말하고 지나갔다고. 그 순간 울컥했다고. 고생하는 걸 알아주는 거 같아서 그 칭찬 한마디가 눈물이 그렁해질 만큼 좋았다고. 그러면서 너는 말했어. "엄마도 후배 작가 칭찬 많이 해주세요." 그래, 겉으로 볼 때 잘 모르지만 누군가는 지금 인생의 사투를 벌이고 있는지도 몰라. 그때 누군가 칭찬 한마디 해준다면 스르르 스트레스가 녹아내릴 거야.

난 '빵 작가'로 불릴 정도로 빵을 늘 갖고 다녀서 사람들은 나에게 먹을 것을 줘서 좋다고, 고맙다고 주로 말하거든. 근데 어떤 피디가 남들에게 나를 이렇게 소개하는 거야. "여기 작가님, 원고 너무 좋아요. 저는 작가님과 일하는 게 너무 좋아요." 그 말을 듣는데 그 사람에게 충성하고 싶어지더라구. 다른 사람들은 다 내 빵 때문에 행복하다고 하는데 그 피디는 내 원고 얘기를 하니 말야.

칭찬을 받는 것은 쉬워. 그러나 칭찬 잘하기는 쉽지 않아. 그 사람이 뭘 듣고 싶어 하는지, 그걸 잘 알아야 하거든. 새로 오신 국장님이 어느 날 복도에서 만나니 이러시는 거야. "우리나라에서 가장 글 잘 쓰시는 우리 송 작가님!" 그러면서 엄지 척을 하고 가시더라구. 칭찬을 들으니 내 발걸음이 어찌나 가벼워지던지.

그런데 며칠 후에 국장님이 다른 작가에게 이러시는 거야. "아시아에서 가장 잘 쓰는 우리 김 작가님!" 헐~ 그러면 또 다른 어떤 작가에게는 "세계에서 가장 잘 쓰시는 작가님" 혹은 "우주에서 가장 최고인 작가님"으로 부를 거 아니겠니. 그래도 웃음이 나올 뿐, 서운하지 않았어. 그분의 칭찬하는 그 캐릭터가 친근하게 느껴졌으니까.

아, 칭찬을 받을 땐 꼭 감사를 표해야 해. 그 국장님이

"대한민국 최고의 작가"라고 엄지 척을 해주셨을 때 나도 "국장님은 역대급 최고의 국장님"이라고 엄지 척으로 답해드렸어. 그리고 칭찬을 받아들이는 것도 중요해. 누가 옷을 칭찬하면 "어? 이거 5,000원짜리 노점상 옷인데?"라고 하지 말고 "고마워~"라고 감사의 답을 하는 게 좋아. 칭찬받은 것을 쑥스러워하지 말고 고마워해야 칭찬해준 상대의 기분도 좋아지거든. 옷이든 머리 스타일이든 그날 얼굴이든 뭐든 칭찬하면 사실 얼마짜리다, 오늘 머리 안 감았다 등등 머쓱해하는 걸로 칭찬한 상대를 무안하게 하지 말기를…. "고마워요"라고 꼭 화답해주렴.

칭찬을 가장 많이 해야 할 상대는 누구일까? 바로바로 가족이야. 밖에서 100만 명에게 인기 있어도 내 옆에 있는 가족에게 사랑을 못 받는다면 그거 그냥 공허한 거야. 가족 기념일은 국경일이라 생각하고 꼭 지키고, 축하 카드엔 최대한의 칭찬을 하자. 표현을 아주 과장되게 하자. 엄마가 아빠에게 쓴 편지 조금 보여줄게.

생일 축하해요. 당신은 완벽해요.

심신으로 다 나를 완벽하게 행복하게 해줘서 고마워요.

그래도 우리 사이, 고인물이 되지 않게

첨벙대고 출렁거리게 저는 또 종종 싸움을 걸 거예요.

사랑하니까.

당신 덕에 그리고 우리 아들 덕에

지구별이 아름답고 훈훈해요.

계속 열심히 살게요.

당신의 이쁜 짝으로부터.

지금 봐도 오그라들지만, 세상에 하나밖에 없는 짝이니까 난 무조건 최고의 찬사를 보내줘야 한다고 생각해. 가족이 칭찬할 땐 쑥스러워서 그냥 모른 척하거나 흘려버리기 쉬운데 칭찬하면 감사하다고 꼭 대답해.

내가 방송에서 쓴 유머이긴 하지만 이걸 잊지 마. 우리가 늘 가야 하는 길은? 위로! 우리가 늘 해야 하는 반찬은?
칭찬~!

" 꼰대 같은 어른을 만나면
　　　　어떻게 대해야 할까요? "

꼰대란 어떤 사람을 두고 말할까. "넌 왜 나처럼 죽어라고 일하지 않니? 열정 좀 가져봐, 열정! 우린 부당함에 항거해서 싸웠어! 대체 너넨 뭘 추구하는 건데?" 등등. 자신의 경험을 젊은 세대들에게 일방적으로 강요하는 사람들을 속칭 '꼰대'라고 칭하지. 자기의 구태의연한 사고방식을 타인에게 강요하는 사람들 말야.

젊은 사람들에겐 '비혼'이라는 게 흔한 얘기인데 결사반대 하며 결혼은 꼭 해야 한다고 강요하는 어른들. 어젯밤 치열한 부부싸움을 하고서는 다음 날 아침 자녀에겐 "결혼 언제 할 거니?"라고 하는 말들, 여자가 쇼트커트 하거나 남자가 긴 머리 하면 "여자가~ 남자가~ 머리가 왜 그러니?"라고 하는 시선들 말야. 가족끼리야 서로 의견을 직격탄으로 얘기해도 또 다음 날 웃으며 같이 밥을 먹지만 사회에서는 그럴 수 없는 일. 왜냐하면 꼰대를 외면하고서는 사회에서 일할 수 없는 시스템이니까. '얼죽아' 세대들과 '라떼' 세대들이 한데 모여서 일하고 그룹을 이루고 있으니까.

꼰대들도 꼰대이고 싶어 하는 사람은 없다는 거 잘 알지? 인간은 자기 경험의 한계를 잘 못 벗어나니까 자꾸 "라떼(나 때)는 말이야"가 나오는 거야. 꼰대들을 대하는 방법은, 시대 감수성이나 젠더 감수성이 전혀 없는 어른이라고 해도 바로 맞받아치면 관계가 꼬이기 쉬워. 쿨하고 지혜로운 대처가 필요해.

한 후배는 회사 방침이 비즈니스 캐주얼이라, 말 그대로 캐주얼하지만 단정하게 슬랙스에 셔츠를 입고 갔는데 부장님이 그러시더래. "나 때는 무조건 정장이었는데… 요즘은 많이 편해졌네." 어른들은 요즘 세대들 패션에 거리감을 많이 느끼거든. 그 후배는 반박하기보다는 일단 그 얘기에 공감하며 이렇게 응수했대. "요즘 이런 것도 유행이길래 저도 한번 따라해봤는데 좀 별론가요?" 그랬더니 그 라떼 상사가 활짝 웃어주셨대. 사회생활 잘하고 있는 후배지. 또, 머리를 짧게 자른 후배는 상사가 "뒤에서 보고 남잔 줄 알았네. 머리 엄청 짧네요"라고 하길래 이렇게 대답했대. "아, 그쵸? 엄청 짧죠? 요즘은 머리 스타일이 남녀 할 것 없이 다양해지는 추세라고 하더라구요. 근데 저는 그 유행을 따르려 한 건 아니구요. 거추장스럽고 더워서 자르다 보니 점점 짧아진 거 있죠." 두 후배 다 대단한 센스지? 꼰대라고 째려보는 대신 이런 센스로 방어하다니 존경스럽고 대단해 보였다.

꼰대들 중에 이유 없이 뜬금없이 화를 내는 경우도 있어. 그럴 땐 이 영화 속의 할아버지를 떠올리렴. 〈황금 연못〉이라는 고전 영화인데 실제 부녀지간인 헨리 폰다와 제인 폰다의 공동 출연으로 화제를 모은 작품이야. 퇴직해서 둘이 살고 있는 노부부의 집으로 손자 빌리가 맡겨져. 어느 날 할아버지가 뜬금없이 화를 내자 손자 빌리가 당황해. 그러자 할머니가 이렇게 말하는 장면이 나온단다.

"빌리야, 할아버지가 지금 소리 지른 것은 너에게 소리 지른 게 아니야." "저에게 소리 질렀어요." "아냐, 그는 인생에게 소리 지르고 있는 거야. 너에게 지르는 게 아니야. 그는 늙은 사자 같단다. 그는 아직도 으르렁거릴 수 있다는 걸 기억해야만 하거든. 빌리, 언젠가는 소리 말고 마음을 잘 보아야 할 거야. 그리고 기억해라. 그 사람은 그가 할 수 있는 최선을 다하고 있다고 말야. 그는 단지 그의 길을 찾고 있는 거야."

인생 명대사를 날려주는 영화 속 노인들에게서 나는 많은 인생의 지혜를 배운다. 한심한 꼰대들 사이에 젊은 세대를 잘 이해해주는 라떼들이 있다면 감탄을 보내자. 한없이 옛날 얘기를 해대는 꼰대들의 말은 통역해서 받아들이자. 꼰대들이 살던 그 시대는 지금과 달라서 외국이나 다름없게 느껴지기도 하거든. 그러니 통역이 필요해.

나도 그렇게 예전 시대 사람들과의 관계를 이어오고 있어. 그렇지 않고는 '타인이라는 나라'와 '나라는 나라'의 소통이 힘들어지기에.

우리도 곧 다음 세대가 될 테니 말야. 잊지 마. 한탄하기보다 감탄하자! 꼰대 짓에 대한 대응으로는 이걸 기억해. 배척보다 쿨한 척하는 쿨척이 더 낫다는 것을. 그리고 어른 꼰대만 독불장군이 아니라 윗세대들을 배척하는 사람도 역시 젊은 꼰대요, 독불장군일 수 있단다. 서로 이해하고 위해주는 화합형 인간이 돼보자.

> " 곁에 두면 안 되는 사람들은
> 어떤 사람들이에요? "

🥄 살다 보면 배신당하는 일을 겪을 때가 있어. 한 선배는 애써서 최선을 다해 후배의 취업을 시켜줬는데 나중에 보니 자기 뒷담화를 하고 있더래. 그것도 사실이 아닌 오해의 말을 진짜인 것처럼 하고 다녔다는 걸 알고는, 사람을 제대로 알아보지 못한 자괴감과 함께 심한 배신감을 느꼈다는구나. 음악을 하는 어떤 후배는 자기가 하던 작업을 친구에게 보여주며 어떤지 봐달라고 했는데, 나중에 보니 그것을 자기 것처럼 발표를 했더란다. 찾아가서 왜 그랬냐고 따졌더니 자기가 생각하던 곡인데 네가 마침 썼더라며 오히려 발뺌을 하더래. 욕해주고 돌아왔고 아예 번호도 삭제해버렸대.

살다 보면 이렇게 크고 작은 배신들이 생겨. 라디오 사연에 나온 어떤 사람은 친구에게 자기 애인을 인사시켰는데 나중에 보니 그 둘이 사귀고 있더라는구나. 그 후엔 누구에게든 여자친구를 절대로 인사시키지 않게 됐대. 사람과 사람 사이를 공에 비유하는 거 들어봤지? 일이란 건 가죽공 같아서 실수해도 다시 튀기면 높이 날아오르지만, 인간관계는 유리공 같아서 한 번 깨지면 다시 복구하기 어렵다고.

한 선배가 그랬어. 배신한 사람과 샘이 많은 사람! 이 두 유형은 곁에 두지 말라고. 배신하는 성격과 샘을 잘 내는 성격은 고쳐지지 않는다고. 학창 시절 샘을 내던 친구는 30년이 지나 만나도 여전히 샘을 내고 있다며, 가능하면 멀리 두는 게 좋다고 강조하셨어. 언제나 어디에서나 누구에게나 다 좋은 사람으로 남을 순 없다며, 길을 잃듯이 사람도 때론 잃을 수 있다고 그런 친구들은 딱 끊으라는 거야.

그런가 하면 한 선배는 지나가는 우물이라도 침 뱉지 말라고 강조하셨어. 그 물, 언제 다시 마실지 모른다며 지나온 다리라고 태우지 말라고, 그 다리 다시 지나갈지 모른다고. 인간관계는 유리공이라고 하지만 꼭 그런 것도 아니라는 거야. 슬라임 같은 관계도 있다는 거지. 물렁거려서 던져도 깨지지 않는 슬라임 같은 관계 말야.

결국 나는? 평생이 가도 마음에 들 거 같지 않은 사람은 일단, 우리 사이에 난 길을 지워버렸어. 그렇다고 침 뱉거나 다리를 태우진 않았고 마찰도 하지 않았고 그냥 오가지 않게 멀리할 뿐이야. 먼저 연락은 하지 않지만, 오는 연락은 형식적으로 받는 정도? 그렇게 살아왔어.

곁에 두고 싶지 않은 친구 중에는 이런 친구도 있어. 절대로 밥값을 내지 않는 친구. 사실 밥값은 돈이 더 많아서 내는 것이 아니라, 돈보다 관계를 더 중히 생각하기 때문이기에 내는 것인데 자기 돈만 아끼는 사람, 정말 얄미운 얌체지. 그런 친구는 점점 만나지 않게 된다. 그런데 아들은 나보다 통이 크니 그런 사람을 보면 또 다른 시선으로 봐주기 바래. 그런 가치에 대해서 잘 모르는 불쌍한 사람이라 여기고 네가 참을 수 있을 때까진 밥을 사주렴. 기다려도 철이 들지 않는다면 그땐 점점 멀어지렴.

그리고 이것도 언제나 생각하게 된다. 혹시 나도 저쪽에서 피하고 싶은 사람일지 모른다는 것! 내 생각의 절반은 언제나 나에게도 향해야 한다는 것!

> " 유머 감각은
>
>   왜 필요할까요? "

🍃 링컨, 간디, 처칠, 맥아더와 히틀러의 차이점은? 앞에 열거한 사람들은 유머 감각이 있었고, 히틀러는 유머 감각이 없었어. 〈타임〉지 편집 주간을 지낸 하드리 도노번은 이런 말을 했다고 해. '유머 감각은 지도자의 필수 조건이다.' 세계적인 기업 카운슬러인 데브라 밴턴은 CEO들의 공통된 특징이 2가지 있다고 했어. 유머 감각이 있다는 것과 이야기를 재미있게 한다는 것. 또, 여성으로 CNN 부사장 자리에 오른 게일 에반스도 자신의 책에서 '성공의 14가지 법칙'으로 '유머 감각을 길러라'는 항목을 넣었지.

타인의 웃음을 쉽게 끌어낼 수 있는 사람은 그만큼 협력과 지지를 쉽게 얻어낼 수 있어. 유머는 곧 설득력이란다. 뛰어난 정치인들마다 유머 감각을 갖춘 것도 그 때문이야. 어떤 어려움에 닥쳤을 때 유능한 리더는 멋진 유머로 상황을 반전시키지. 그러나 무능한 리더는 흥분하며 안 좋은 상황을 더 심화시키고 말아. 흥분파는 삼류 리더, 유머파는 최고의 리더인 셈이야. 그래서 '유머를 가진 자는 다 가진 자'라는 말을 하나 봐. 마음의 여유와 핵심을 짚는 능력과 표현 능력이 없으면 유머는 불가능한 능력이기 때문일 거야.

미국이나 유럽에서 사회를 뒤흔드는 큰 사건이 터질 때마다 월 스트리트 증권가에는 메일이 빗발친대. 그 메일을 들여다본 사람들은 폭소를 터뜨린다고 하는데, 바로 거기에는 주식 동향이 아닌 그 당시의 유머들이 등장한대. 충격적인 사건이 터졌을 때 월 스트리트에서 유머가 쏟아지는 이유는 '충격을 줄여보자'는 것, 자칫 위축되기 쉬운 투자 심리를 유머를 통해 다시 일으킨다는 거야. 그래서 무슨 커다란 사건이 터질 때마다 월 스트리트에서는 주식 정보를 뽑느라 바쁜 것이 아니라 유머를 만들어내느라 바쁘다고 하더구나. 그 유머의 힘은 대단한데 혹자는 이렇게 말해. '지금의 미국 경제는 월가의 유머가 이뤄낸 것'이라고.

그렇다면 어떻게 하면 유머를 갖출 수 있을까? 유머를 갖추기 위해서는 우선 낙관주의가 되어야 해. 처칠은 1차대전 때 폭탄이 떨어지는 전장의 참호 속에서 부하 장교들에게 이렇게 말했다고 해. "좀 웃으시오. 그리고 부하들에게도 웃음을 가르치시오. 웃을 줄 모른다면 최소한 빙글거리기라도 하시오. 만일 빙글거리지도 못 한다면 그럴 수 있을 때까지 구석으로 물러나 있으시오." 목숨이 경각에 달린 전쟁터에서도 웃음을 잃지 말아야 한다는 그의 낙관주의는 전쟁 중에서도 영국인들에게 용기와 희망을 줄 수 있었어.

또, 유머를 갖추기 위해서는 여유가 있어야 한단다. 아무리 바빠도 중간중간 쉼표를 찍을 줄 알고, 아무리 모자라도 더 욕심내지 않고, 아무리 조급해도 기다릴 줄 아는 사람이 유머를 지닐 수 있어. 그리고 세상 모든 것에 관심을 가지렴. 관심과 호기심이 유머의 제1조건이라고 봐도 돼. 사람을 좋아하고 세상을 좋은 마음으로 보고 인생을 즐길 줄 알면 저절로 유머가 나오는 거란다. 또, 늘 어떻게 하면 재미있게 지낼 수 있을까 생각하렴. 어디선가 유머를 접하면 메모해두었다가 인용도 해보고 그러면 유머도 점점 는다고 하더구나. 무엇보다 늘 미소 짓고 먼저 웃으렴.

> 자본은 필요 없다. 그런데도 이익은 막대하다. 주어도 줄지 않고 받는 자는 풍요해진다.

미국의 대산업자본가인 카네기가 말한, 막대한 이익을 주는 그 요소. 자본도 필요 없는데 줘도 줘도 줄어들지 않고 받는 자는 풍요로워지는 것. 그것은 바로 '미소'라고 하잖아. 카네기는 미소에 대해 또 이렇게 덧붙인단다.

한순간 보여주면 영원히 기억된다. 아무리 부자라도 이것 없이는 살 수 없다. 아무리 가난해도 이것에 의해 풍요로워진다.

살 수도, 강요할 수도, 빌릴 수도 훔칠 수도 없는 것. 무상으로 주어야 비로소 가치가 있는 미소. 그러니 습관처럼 미소를 지어보렴. 잘 웃는 사람이라는 이미지를 지니는 건 아주 좋은 거야. 무엇보다 언제나 낙관주의자가 되렴. 처칠은 옆에서 전쟁이 터져도 웃자고 했잖니. 웃음은 강력한 인생의 무기이고 어떤 상황에서도 웃는 자가 최강자란다.

나는 네가 유머러스한 사람이었으면 좋겠어. 그래서 다른 사람을 행복하게 하고 그로 인해 너도 행복했으면 좋겠어.

" 이성에게 잘 보이려면
          어떻게 하면 돼요? "

얼마 전 후배가 남자친구와 헤어지겠다고 했어. "너 엄청 좋아했잖아. 근데 왜?" 그러자 후배가 하는 말, "식당 종업원에게 함부로 대하는 거 보고 저 너무 실망했어요. 이 사람이 이런 사람인가, 이게 진짜 모습인가 싶어서요. 헤어지려구요." 그 후배처럼 여자들은, 남자친구가 제3자를 대하는 모습을 보고 그의 진면목을 안다. 이건 남자 얘기만이 아닐 거야. 남자도 자기 여자친구가 이럴 경우 실망하겠지. 사실 옆에 있는 이성에게 잘 보이려고 할 때는 제3자에게도 잘하지. 옆에 여자친구나 남자친구가 있는데도 제3자에게 함부로 대한다는 것은 연인을 전혀 신경 쓰지 않는다는 뜻이기도 해.

택시기사나 주차요원에게 함부로 대하는 사람도 경계 대상이야. 나를 옆에 태우고 과속 운전하는 남자도 마찬가지고. 나를 태우고 안전 운전한다는 것은 나를 존중하기 때문이라고 느낀다. 어떤 후배는 소개받은 남자가 운전하는 차를 타고 함께 맛집을 찾아가는데, 차 한 대만 겨우 지나다닐 수 있는 1차선의 좁은 골목으로 들어가게 되었대. 한참을 겨우 운전해서 가고 있는데 맞은편에서 다른 차가 오고 있더라는 거야. 우리 차도 저쪽 차도 한참을 달려왔으니 서로 비켜주길 바라면서 둘 다 꼼짝을 안 했대. 숨 죽이는 몇 초가 지났는데 소개팅한 남자가 뒤로 후진을 하기 시작하더래. 그래서 그 후배, 그 남자에게 박수 쳐주고 엄지 척을 양손으로 해주었대. 여자는 인류애를 가진 남자에게 엄청난 매력을 느껴.

세상 그 어떤 여자보다 나를 여신 대우해주는 남자. 나를 만날 땐 나에게만 집중해주는 남자. 문자 보내면 아무리 바빠도 단문이라도 답 보내주는 남자. 잘 때는 굿나잇 문자 보내주고 아침에 깨면 굿모닝 문자로 하루를 열어주는 남자. 이런 남자는 정말 멋지지.

그리고 이성을 만날 때 주의할 것. 먹을 때는 입 안에 음식을 많이 넣지 말아야 해. 대화하다가 음식물이 튀어나오지 않게 말야. 운전하다가 무의식적으로 콧속을 후벼서도 안 돼. 친해지고 나면 귀엽게 여겨지는 행동도, 잘 보이고 싶을 땐 치명적인 실수가 될 수도 있으니 하는 말이야. 사람은 혼자 있을 때 하던 버릇이 다른 사람과 있을 때도 드러나게 돼 있어. 그래서 엄마는 '신독(愼獨)'이라는 두 글자를 중요시해. 혼자 있을 때 행동을 잘해야 세상에 나서서도 그 자세가 나오거든. 혼자 운전할 때 콧속을 후비던 사람은, 언젠가 남과 있을 때도 나온다! 또 걸음걸이는 당당하게. 그리고 가족 얘기는 웬만하면 길게 하지 않기. 물어보면 대답하더라도, 너무 자세한 가족 얘기는 언제나 TMI라는 것.

달달한 매너는 언제나 엄청난 매력이야. 기념일을 행복하게 해주는 마법의 왕자님이 되어 세상에 단 하나밖에 없는 여자친구를 위해 창의적인 이벤트를 해주는 남자.

그러나 몸집만 한 곰 인형을 들고 다니게 하고, 자동차 트렁크에 풍선 날리고… 이런 뻔한 이벤트는 오그라드니까 무엇보다 상대가 좋아하는 것을 세심히 관찰하는 게 좋아.

그리고 가장 중요한 것은 바로 자존감! 이것도 남자, 여자 모두에게 해당되는 거야. 자신의 모든 것에 대한 당당한 자신감을 보여줘. 어떤 소개팅 프로그램에 나온 의사가 처음부터 끝까지 자기는 키가 작다고 계속 속상해하는 장면이 나오던데, 결국 끝에 가서 반응도 좋지 않았어. 악기 연주도 잘하고 여러 가지 장점이 많은 사람인데 왜 자기가 단점이라고 아쉬워하는 부분에만 집착하는지 너무나 아쉬웠어.

인간은 누구나 보이는 것이든 감춰진 것이든 단점이 있기 마련이야. 그런데 그것에만 집착하는 건 정말 못나 보여. 키가 작아도 그 사람이 당당하면 그 사람은 거인처럼 보여. 단점에 집착하는 남자보다 단점은 아무렇지도 않게 그런 것 따위는 생각도 하지 않는 당당한 남자! 태평양보다 넓은 그 마음에 매료된다는 거 잊지 마.

" 고백은 꼭 말로

해야 하는 걸까요? "

🖎 사랑하는 사람이 있다면 고백을 하렴. 굳이 고백 안 해도 알아듣겠지 생각할지도 모르지만 독심술사가 아닌 한, 속마음을 알아듣는 사람은 없단다. 사랑은 물론 마음으로 하는 것이 분명해. 그러나 마음에 담아두기만 하는 것 또한 사랑이 아니야. 사랑은 발이 없어서 상대방의 마음에 혼자서는 걸고 닿을 수가 없기 때문이야.

자식이 어머니를 사랑하는 건 당연한 일이지. 그런데 세상의 어머니들은 '내가 이렇게 사랑을 쏟아붓는데 자식은 그 마음을 몰라준다'고 한숨을 쉬어. 마음으로만 백 번 어머니를 사랑한다고 다짐하는 것보다 한 번 안아주는 것이 어머니를 더 행복하게 해.

외롭게 골목길을 걸어가는 아버지 뒷모습을 보며 자식은 마음이 아파. 그러나 아버지는 혹시 무능한 아버지를 부끄러워하는 것은 아닌지 속이 상해. 마음으로만 여러 번 아버지를 부르는 것보다 아버지 앞에 앉으며 이제는 내 등에 업히시라고 말해보는 것이 아버지를 더 행복하게 해.

친구가 참 좋아. 그러나 한순간의 오해로 멀어질 수도 있어. 선생님을 존경하지만 마음으로만 간직하고 있으면 거리가 너무 멀어져.

아이에 대한 사랑도 마찬가지, 아이를 사랑하는 마음은 말로 표현할 수 없다며 마음에만 담아두면 아이는 외로워져. 내 부모는 과연 나를 사랑하는 것일까? 나를 부끄러워하는 것은 아닐까? 내가 귀찮은 것은 아닐까? 가슴 속에 아무리 '너를 사랑한다'는 말이 가득해도 품고만 있으면 소용이 없어. 우리는 누구나 독심술사가 아니고 표현해줘야 알아듣는 사람들이야.

신발은 신고 있기만 하면 신발의 역할을 못 해. 신고 걸어가야 신발 노릇을 해주지. 자전거 역시 마찬가지, 타고만 있으면 가지 않아. 페달을 밟아야 나아가. 바람개비도 들고 뛰어가야 바람개비고, 비눗방울 놀이도 우리가 불어줘야 방울이 맺히고, 풍선도 불어야 부풀어져.

사랑도 다르지 않단다. 마음에 품고만 있으면 상대의 마음에 가닿지 못해. 사랑하는 이에게서 꼭 듣고 싶은 말, "당신을 사랑합니다." 사랑한다는 말이 세상을 견디는 힘이 되어줄 텐데 그 말을 아낄 필요가 있을까?

늦기 전에 자주자주 고백하자. 사랑한다고. 존경한다고. 감사하다고. 사랑한다는 말, 고맙다는 말은 바람 부는 세상에서 털옷처럼 따뜻하고, 피곤한 몸을 감싸는 하얀 홑이불처럼 부드럽단다.

" 사랑하다 헤어질 때
　　현명하게 헤어지는 법 없을까요? "

　사랑할 땐 둘이 함께하지만 이별은 늘 한쪽에서 먼저
시작하게 된다. 그러다 보니 더 사랑하는 쪽이 을이 된
느낌이 들어. 더 사랑한 죄. 더 미련이 남고 더 슬픈 쪽이
분명히 있어. 그러다 보니 헤어질 땐 명확해야 해. 진짜
헤어질 거라면 우린 더 이어질 수 없다는, 확실함을 보여
주되 말로는 상처 입지 않게 해야 해.

떠날 때는 말없이 헤어지는 건 아니라고 봐. 말해야 해.
감사했다고. 네 덕분에 행복했다고. 하지만 지금은 내 마
음이 아니라고. 다른 사람 만나서 행복하길 바란다고 꼭
말해줘야 해. 사랑했던 시간들이 다시 올 거라는 기대감
은 날려버려야 해. 친구로라도 행여나 또 만나길 바라는
것도 욕심이야. 연인 사이였는데 친구로 되돌아가기는
너무나 힘들어. 미련만 남게 할 뿐이야. 추억은 아름다울
수 있지만 미련은 사람을 처참하게 만들 수 있어.

연인과 가족은 엄연한 차이가 있어. 연인은 영원히 함께 할 거 같다가도 어느 순간 헤어지자는 단 한 마디에 인연 이 끊어지지. 반면 가족은, 벗어버릴 수 없는 사이야. 수 족과 같아서. 그러나 연인은 언제라도 서로 연인이라는 의복을 벗어버리면 바로 님에서 남이 될 수 있는 관계야. 불꽃놀이 하던 하늘이 텅 빈 후에 슬픔이듯이.

서로 사랑하는데 외적인 이유로 헤어진 경우 그 사람이 좋아하던 마카롱만 봐도 눈의 초점을 흐린 채 생각에 잠 기게 되고, 세상의 달력으로는 한 달밖에 안 된 이별인데 마음으로는 영겁의 세월이 흐른 듯하고… 네가 없는데도 맛집에도 가고, 너와 헤어졌는데도 밤에 야식도 먹는 자 신을 발견하고는 울고….

그러나 사랑의 속도가 서로 다르기 때문에 이별 후에 애 도하는 마음도 각자 달라. 욕망과 집착 때문에 괴롭겠지 만 헤어졌다면 그냥 흘러가게 놔두는 게 좋아. 어차피 헤어질 거면 또 괜히 미련을 갖게 자꾸 연락하며 여지를 주는 건 옳지 않아. 네가 헤어지자고 하는 입장이라면 너를 사랑했었고, 너 덕분에 행복했고, 넌 참 멋진 애였다고. 그러나 지금은 내가 더 이상 너를 감당하기 힘들다고. 우리 인연은 여기까지인 거 같다고. 더 긴 말은 안 하게 해달라고. 상대를 칭찬하면서도 단호하게, 희망은 갖지 않도록 명확하게 이별하는 게 좋아. 어렵지만 그런 이별의 배려를 할 줄 알면 좋겠어.

네가 이별을 당하는 입장이라면 너무 슬프다고, 하지만 받아들이겠다고, 너의 감정을 존중해주겠다고 말해줘. 이런 상대를 배려하는 이별을 하고 나면 한동안 아프겠지만, 한층 성숙해지는 너를 발견할 거야. 마음의 키가 커지고 더 아름다워지고 깊은 눈을 갖게 될 거야.

" 결혼은 해야 할까요?
결혼하면 잘 살게 될까요? "

노래 가사에도 있지만 연애는 필수, 결혼은 선택이라고 하지. 하지만 나는 결혼을 권하고 싶어. 따스하고 완벽한 내 편을 만드는 일이니까. 그리고 참 신비로운 경험들을 하게 만들어. 인생에서 꼭 한 번 느껴볼 만한 것들 말야.

예를 들면 아이를 낳게 되잖아. 아, 이건 결혼과는 또 다른 말인가? 아이를 안 낳을 수도 있고 결혼을 안 해도 아이는 가질 수 있으니까. 아무튼 만일 결혼해서 아이를 낳게 되면 그제야 알게 돼. 가장 완벽한 사랑이 무엇인지를…. 어떤 어려움을 감내해서라도 겪어볼 만한, 벅찬 경험이 되어줄 거야. 그렇지만 이것도 내 생각이고 결혼과 출산은 전적으로 너한테 모든 선택을 맡긴다는 것은 이미 여러 번 이야기했지?

결혼을 망설이는 이유들 중에는 아마도 결혼생활을 잘해낼 수 있을까 하는 걱정도 있을 거야. 그렇다면 결혼하고 잘 살고 있는 커플들을 한번 떠올려볼까? 대개 할리우드 커플들을 떠올릴 때 '이혼이 다반사'라고 인식되곤하잖아. 그런데 의외로 검은머리가 파뿌리가 되도록 해로하는 커플도 많단다. 폴 뉴먼은 아내인 조앤 크로퍼드와 50년을 함께했는데, 크로퍼드는 70세가 넘은 폴 뉴먼에 대해 늘 "그는 정말 귀여워요"라고 말하곤 했대. 폴 뉴먼도 아내에 대해 이렇게 말했다지. "해가 갈수록 아내가 친구처럼 편안하다."

또, 결혼생활 반세기를 향해 가는 빌리 크리스탈은 이렇게 말했다더구나. "우리는 많은 난관을 함께 극복해왔다. 나는 아내에게 충실했고 바깥일을 결혼생활보다 중요하게 생각한 적이 없다."

수십 년 넘게 결혼생활 중인 마이클 케인은 결혼생활을

잘하는 비결을 이렇게 말했다고 해. "상대방을 서로 지배하지 않으려 한 것이 비결이다. 아내와 나는 인생 파트너다. 무슨 일이든 50 대 50이다." 그의 말에 전적으로 공감해. 결혼하고 나면 가사도 50, 육아도 50. 모든 일에서 절반의 책임은 너한테 있는 거란다. 가사도 육아도 도와주는 게 아니라 함께하는 거야. 아내의 일, 남편의 일이 따로 있는 게 아니라 모든 걸 '함께' 해나가야 하는 거지. '동반자'의 이미기 거기 있는 거란다.

톰 행크스도 아주 모범적인 결혼생활로 유명하거든. 그는 결혼생활을 잘하는 비결로 '절대 화난 채로 잠자리에 들지 않는다'고 했어. 아무리 싸워도 잠들기 전에는 풀었다는 거야. '결혼은 미친 짓'이 아니라 '잘한 일이다'를 이렇게 몸소 증명하는 스타 커플들을 보면 서로 배려하고 서로를 위해 희생하는 정신이 부부생활에 최고임을 알게 되네.

연애와 결혼의 구별점도 거기서 찾을 수 있지 않을까. 연애는 서로 좋아하는 마음만 있으면 되지만 결혼은 서로 희생하는 마음이 없으면 불가능하단다. 연애보다 결혼에 사랑의 본질이 더 스며 있는 셈이지.

부부가 서로 갈라서면서 하는 말이 있지. 성격 차이로 헤어진다고. 그 말은 서로 근본적으로 다르다는 것을 인정하지 못하는 데서 오는 것 아닐까? 부부생활의 제1조는 '근본적으로 남과 여는 다르다'는 것을 인정하는 거라고 봐.

'여자는 현미경으로 들여다봐야 하고, 남자는 망원경으로 바라보아야 한다'는 말이 있어. 여자는 마음속에 들어 있는 게 많아서 복잡해. 이런저런 생각으로 꽉 차 있어서 남자가 여자를 알려면 섬세한 것까지 다 들여다볼 수 있는 성능 좋은 현미경이 필요하다는 거야. 반면 남자는 현미경으로 들여다볼 필요가 없어. 남자는 단순한 것을 좋아하고 복잡한 것을 딱 싫어하잖아. 망원경으로 보면 멋지게 보일 텐데 여자들은 너무 남자를 현미경으로 보려 한다는 거지. 그리고 남자들은 여자를 너무 망원경으로만 보는 거고. 남자가 여자를 사랑할 때, 여자가 남자를 사랑할 때. 망원경이냐, 현미경이냐… 그 사람을 보는 마음의 도구를 잘 챙겨본다면 결혼생활이 그렇게 어렵지만은 않을 거야.

문득 그 명언이 떠오르네. 헤어지지 않으려면 남자는 여자를 이해하려 들지 말고 사랑만 하면 되고, 여자는 남자를 사랑하려 들지 말고 이해만 하라는 말. 그렇다면 어떤 사람과 결혼해야 할까? 영화 〈아이리스〉에 나오는 남편처럼 상대가 늙어 치매에 걸렸을 때, 상대를 끝까지 보호해줄 만한, 그런 사람이면 되지 않을까. 끝까지 널 사랑해줄 사람을 선택하렴.

절대 결혼해서는 안 되는 상대는 어떤 사람일까? 술 먹으면 돌변하는 사람, 도박하는 사람, 바람기 있는 사람은 결혼 상대자로 낙제점을 줘야 될 거야. 그리고 경제관념 없는 사람, 그러니까 낭비벽과 사치벽이 있는 사람, 게으른 사람, 항상 우울한 사람도 결혼 상대자로 선택하면 힘들 것 같구나.

연령, 성별, 사회적 지위, 경제적 상태에서 자유로울 수 있는 사람. 편견에 치우치지 않는 사람. 마음속 깊은 곳에서 인간성에 부드러운 눈을 돌릴 수 있는 사람. 즉, 진짜 휴머니스트. 이런 사람이라면 그 인연 꼭 붙들어 지켜 나가렴.

결혼하게 되면 부모보다, 자녀보다, 그 누구보다 부부 중심으로 살아야 해. 김수환 추기경도 주례사에서 그렇게 말씀하셨다더구나. 무조건 부부 중심으로 살라고. 그리고 서로에 대한 욕심을 줄이고 어려움을 당했을 때 서로 위로하는 마음, 서로 연민을 가지고 아껴주는 마음을 지녔으면 해.

두 손 꼭 잡고 험한 인생길을 완벽한 짝꿍이 되어 걸어가렴. 사랑한다는 말로 구속하지 말고 사랑하기 때문에 자유를 주렴. 서로 마주 보며 '나만 바라봐' 하지 말고 서로가 한 방향을 보며 따스하고, 단단하게 걸어가렴.

" 배우자로서 어떤 사람이 좋을까요? "

🍃 어떤 배우가 어느 날 연습하다가 후배랑 다퉜는데, 연극 연습이 끝날 때 그 후배 남편이 데리러 왔더래. 후배가 남편의 팔짱을 끼고 가는데 뒤에 혼자 남겨지니 그런 생각이 들더라는구나. '너, 네 남편에게 내 욕 실컷 하겠지? 넌 좋겠다. 욕하면 들어줄 사람이 있어서.' 그때 심한 외로움을 느꼈대. 세상에 내 편이 없다는 느낌. 그건 정말 휑한 벌판에 혼자 서 있는 느낌이기도 해. 결혼이란 어쩌면 법적으로 영원히 내 편을 만드는 일이라는 생각이 들어.

내 편이란, 그야말로 그 어떤 누구보다 내가 첫 번째라는 뜻이야. 결혼 초기 어느 날, 할머니와 엄마가 갈등이 있었는데, 네 아빠는 내 편을 들어주며 이렇게 할머니에게 말했어. "엄마가 잘못했구만~ 정연이 잘못 하나도 없구만." 그때 엄마는 '와! 남편은 역시 내 사람이구나'를 깨달으며 얼마나 든든했는지 몰라. 너도 마찬가지야. 짝이 생기면 언제나 짝의 편이 되어줘. 엄마보다 더 그 사람 편을 들어줘야 해. 아무리 옆에 있는 짝도 내가 아닌 다른 사람의 입장에서 얘기할 때 엄청 서러움을 느끼게 되거든. 결국 저 사람은 내 편이 아니라는 결론까지 가게도 된단다.

그러면, 내 편이 되어줄 배우자는 어떤 사람이 좋을까? 영원히 내 편이 되어줄 사람, 영원히 내가 편이 되어줄 사람 말야. 어떤 사업가 집안의 가훈이 '평범한 사람을 구하자'라고 해. 직원이나 배우자를 구할 때 평범한 사람을 구하자는 얘기래. 그러면 평범한 사람은 어떤 사람일까? 기쁘면 웃고, 슬프면 울고, 부족하면 노력하고, 아껴 쓰고 남으면 나눠주고, 불쌍한 사람을 보면 측은지심이 들고, 이게 바로 평범한 사람이지. 그런데 이런 평범한 사람을 구하는 게 쉽지가 않대. 기뻐도 안 웃는 사람 많고, 얼굴이 굳어서 화석 같은 사람 많고, 불쌍한 사람 봐도 덤덤하거나 아주 나쁜 사람 봐도 당연시하는 사람이 많더라는 거야.

배우자를 구하는 일은 내 인생을 함께 나눌 사람을 구하는 일이야. 잠시 세상의 기준을 내려놓고 내 기준으로 생각해야 하는 것. 그것이 바로 배우자 찾기야. 내 인생의 숙제가 아닌, 축제에 영원이 함께할 누군가를 초대하는 거니까. "어떤 사람이 나타나면 프러포즈해야 할까요?" 어떤 연예인이 이렇게 질문하자 법륜스님은 이런 대답을 들려주셨어. "연애는 따로 살면서 만나는 거니까 꾸민 것만 보지만, 결혼이란 같이 살면서 같이 지내는 거니까 룸메이트 하면 좋을 사람에게 프러포즈하세요." 그래, "나의 평생 룸메이트가 되어줘." 이런 프러포즈도 괜찮을 거 같아. "난 혼자 하는 걸 좋아하고 혼자 자는 걸 좋아하지만 그러나 너와는 평생 같은 방을 쓰고 싶어. 사랑해. 나랑 결혼해줄래?" 이런 프러포즈도 좋을 거 같아.

결혼에 대한 두려움이 많지? 결혼하면 내 인생이 다 뒤바뀔 거 같고, 내 자유가 다 사라질 거 같고 말야. 나도 그랬으니까. 그래서 결혼식 전날, 이 결혼 다시 생각해보자고 수유리로 네 아빠를 찾아갔는데 그때 네 아빠가 뒷마당에서 돼지고기를 삶고 있더라구. 연기가 자욱해서 눈물 글썽이며 돼지고기를 삶다가 행복한 표정으로 나를 향해서 뛰어오는 네 아빠. "그냥… 그냥… 보러 왔어. 그럼 내일 결혼식장에서 만나" 하고 돌아왔지. 그렇게 결혼이 진행된 거고.

두려움이 엄습했던 그 시기의 엄마처럼 대부분 결혼에 대한 불안감이 있을 거야. 자전거를 처음 배울 때는 두 개의 바퀴가 직립으로 서 있는데 내가 이걸 굴릴 수 있을까? 서커스 같은 바퀴 굴리기, 내가 이걸 할 수 있을까? 그런 생각하지만 또 배우면 잘 타잖아. 자동차 운전도 그래. 과연 내가 이 기계 덩어리를 굴려서 저 수많은 자동차들이 질주하는 거리에 나갈 수 있을까? 무서워라, 이렇게 생각하지만 또 막상 배우면 세상에 가장 편한 것이 운전인 것처럼 결혼도 이왕 하겠다고 결정했으면 마음속의 두려움을 떨쳐버리렴.

결혼해서 10년쯤 지난 뒤 영국 시인 바이런이 그런 말을 했대. '굉장한 적을 만났다! 아내다! 너 같은 적은 생전 처음이다!' 미국 대통령 링컨도 결혼식을 올리던 중에 이런 말을 했대. '나는 지금 지옥으로 가고 있다.' 결혼 과정에서 아내가 악처가 될지 모른다는 걸 예견한 거지. 사실 악처도 영원한 내 편이 되어서 그 악바리 근성으로 나를 보호해주거든.

결혼이라는 게 그래. 얼룩말과 결혼해놓고 백마가 되길 바라지만 얼룩말은 수십 년이 지나도 백마가 될 수는 없어. 얼룩말인 거 인정하면서 결국엔 영원한 나의 절친, 내 편을 만드는 것, 그것이 결혼이라고 생각해. 결혼하고 나도 맘고생도 많이 하고 아빠와 다투기도 많이 했지만 그래도 누가 물어보면 결혼? 정답은 없어. 자기가 쓰는 명답이 있을 뿐. 그래도 난 하는 게 좋다고 생각해. 왜? 곁에 늘 있어줄 짝을 찾는 거니까. 배우자에게는 'Because'가 아니라 'Even though'야. '무엇 때문에' 사랑하는 게 아니라 '그럼에도 불구하고' 사랑하는 것. '그런데도' 사랑하는 것. 그게 배우자야.

아주 오래도록 사랑하며 사는 부부가 있는데 그 비결을 이렇게 말하더구나. "내가 말하고 싶지 않을 때 내 침묵을 이해해주고, 내 농담에 잘 웃어주기 때문이야." 아침에 처음 볼 때 무조건 웃어줘. 무조건. 일하다가 저녁에 만났을 때도 무조건 웃어주며 만나. 수고 많았지? 하는 마음으로. 결혼하면 짝에게 엄마 같은 그 무엇을 바라면 안 돼. 술 마시고 들어오면 엄마는 북엇국을 끓여주지만 아내는 왜 날 외롭게 두고 혼자 술 마시고 왔느냐고 화를 내는 존재거든. 아내에게 엄마 같은 것을 바라고 남편에게 아빠 같은 것을 바라는 것만큼 어리석은 일은 없단다.

그저 내 편을 들어주고 든든한 거목같이 공감해주면 돼.
누군가 그랬어. 결혼은 아름다운 오해로 시작해서 처참
한 이해에 이르는 것이라고.

그러나 그 처참한 이해마저도 아름다움으로 승화시키는
맛도 괜찮아. 언제나 모든 것을 해피엔딩으로 만드는 요
술을 가진 너라면 할 수 있어.

" 아이를 키울 땐

어떻게 해야 할까? "

🗩 네가 언젠가 그랬지. "난 아이를 낳으면 엄마가 키워 줬으면 좋겠어요. 엄마가 잘 키워줄 거 같아서요." 그 말에 난 기뻤단다. 엄마가 잘 키워줄 거 같아서라는 말. 날 믿어주는 거 같아서 좋았지만 그러나 내 앞길이 또 있잖아. 그리고 그건 네가 정하는 게 아니라 앞으로 생길 네 짝이랑 정해야 하고. 엄마는 뒤로 완전히 비켜서야지.

요즘 할머니들이 가장 두려워하는 노래가 이하이 노래야. '손 잡아줘요'라는 노래가 마치 '손자 봐줘요'처럼 들려서 말야. 나도 마찬가지야. 아이를 키운다는 건 아기를 통해 우주의 에너지를 받는 일이야. 그걸 내가 다 전담해 버리면 너희가 그 에너지를 받지 못하니 너무 아쉽고 안타깝지. 암튼 그건 네가 짝을 만나서 그 짝과 함께 의논할 일이구나.

아기는 순수 결정체라 어른이 하는 대로 자라난다. 전기 코드가 위험한지 모르고 갖고 놀려다가 "안 돼!!!" 하고 소리 지르면 아기는 놀라서 울지. 뺏기면 더 울고. "안 돼"라고 했으면 아기에게는 왜 그것이 안 되는지 얘기해줘. 아무리 아기가 말을 못 한다고 해도 온몸으로 느끼는 세포는 살아 있어. 뭔가 설명하는 걸 보니 이게 위험한 거구나 느끼거든. 그리고 그것을 빼앗았으면 바로 다른 안전한 장난감으로 대체해줘야지. 그러면 아기는 울음을 그치고 다시 평화를 찾아. 뭘 빼앗겨도 다시 뭔가가 주어진다는 안정감이 자리 잡거든. 지구별에 태어난 아기들. 지구별의 수칙을 잘 모르는 존재들이니 자상하게 따뜻하게 대해줘. 지구라는 이 별이 행복한 별이라는 것을 느낄 수 있게.

특히 행복한 말을 들을 수 있게 해주는 것이 좋아. 밤 말은 쥐가 듣고 부모 말은 아이가 듣는다는 말이 있어. 아이의 귓가에 행복이 찾아올 때 세상을 긍정적으로 보는

데 도움이 되거든. 물론 완벽한 부모는 없다. 사랑이 완벽할 뿐이지. 언제나 인간은 서투르다. 네가 최고의 부모가 될 수 없다고 자책하거나 속상해하지 말기를 바란다. 부모의 단점을 보고 더 강하게 자라난 사람도 많으니 말이다. 가능하면 아이에게 행복한 좋은 소리를 많이 들려주고 좋은 광경을 많이 보여주라는 얘기야.

아빠와 내가 취향도 다르고 통하는 점이 많지는 않지만 너를 키우는 데 있어서만큼은 가치관이 통했어. 그중 하나가 계획 세우기. 네가 태어났을 때, 우린 서로 너를 키울 계획을 세우면서 죽이 맞았어. 우선 낙천적으로 키우자는 것. 약하지 않게 모험적으로 키우자는 것. 그 방향에 우리 의견이 일치했단다. 어릴 때 놀지 않으면 그건 인생의 큰 결핍으로 작용할 수 있으니 많이 놀게 하자는 계획이었어.

사줄 것은 처음부터 사달라고 할 때 사주고, 안 사줄 것은 떼쓴다고 사주지 말자는 것, 일관성 있게 하자는 것도 의견 일치. 유치원부터는 아이가 해야 할 것부터 하고 놀게 하자는 것, 그래야 삶이 편하다는 것을 심어주자는 것에 의견 일치! 네가 초등학교 입학할 때는 정말 진지한 계획과 원칙을 세웠단다. 이젠 학생이니 아이 장래에 대한 것을 감안해야 한다는 것과 너를 어떤 방향으로 키울 것인가를 그때 함께 논의했지. 공부는 어떤 것을 중점으로 이끌어갈 것인가, 생활습관은 어떻게 이끌어갈 것인가, 방학은 어떻게 보내게 할 것인가, 체력 단련 계획 등을 같이 논의했어.

예를 들면 저학년 때 방학 중의 어느 기간은 여행에 시간을 쓰고, 고학년 때는 영어·일어·중국어 실력을 높이는 데 집중적으로 쓰게 하자는 의견도 일치. 외국어 집중 학습을 시키는 것에 대해 첨엔 아빠가 반대했지만, 외국어를 배우는 뇌는 15살이 환갑이라 그 전에 외국어는 확실히 잘하게 하자는 나의 주장이 받아들여졌어.

체력 단련은, 저학년 때는 축구팀에서 활동 열심히 하다가 고학년 때 더 땀을 빼는 운동을 하게 하자는 논의도 했고. 학년 마칠 때 우리 부부가 선생님에게 편지를 꼭 쓰자는 논의도 했다. 구체적인 원칙을 세우니 참 편했어.

다른 집 아이들은 뭘 시킨다는 말이 들려도 마음 한번 움직이지 않았고, 이 원칙에다 조금씩만 변형해가는 방식으로 초등학생 학부모로서 잘 보낼 수 있었단다. 초등학교 졸업식이 끝나서는 온 가족이 둘러앉아 1학년부터 6학년까지 쭈욱 학년별로 있었던 일들과 선생님들을 회상하는 것을 영상으로 찍었어.

중학교 계획은 너도 같이 셋이서 세웠던 거 기억나? 그때 네가 짜증 좀 냈지? 알아서 하겠다고. 다만 두 가지, 네가 입학할 때 장비 챙기는 거와 네 방 책 정리하는 것만 돕게 해달라고 우리가 설득했던 거 기억나니? 중학교 입학이라는 것은 중고등학생이 되는 첫 관문이고 이제

공부가 시작이라는 느낌이 들도록 네 방을 셋이서 완전히 새롭게 단장했지. 어린이 시절의 책은 다 꺼내고, 이제 너는 청소년이고 중고등학생이라는 느낌이 들게 말야. 좋은 컴퓨터도 새로 사주고 네 전용 컬러 프린터도 하나 사서 네 방에 들여놓으니 넌 그제야 미소 지었어. 근데 네가 그때 긴장한 탓인지 그 후 보름간 아팠어. 그게 성장통이었다고 생각해.

이 과정을 내가 자랑하려고 쓰는 것은 아니고, 네가 이다음에 아이 키울 때 부부가 계획을 세우는 건 필요하다고 보기 때문에 티끌만큼이라도 도움이라도 될까 해서 적는 거야. 단, 아이에 따라서 많이 다를 거야. 넌 워낙 자립심이 강한 아이라 중학교 입학하면서부터는 너에게 전혀 관여를 안 하고 네가 알아서 했잖아. 아이마다 도움이 필요한 시기가 다 다른 거 같아. 아이에 따라서 도움을 주되, 앞에서 이끌려고 하면 안 된다고 생각해. 옆에서 돕다가 뒤에서 소리 없이 도와야 할 거야. 모든 것은 아이에 따라 다르다는 것, '아이 위주!' '아이 중심!'이라는 거 잊지 마.

학교 다니기 시작하면 공부와 성적에만 신경을 주로 쓰기 쉬운데 난 첫째, 건강과 체력을 우선시했어. 뭐든 뛰어놀게 하고 말야. 그러면 공부에 방해된다고 주위에서 만류했지만 중학교 때 주말마다 아이스하키를 다니도록 했지. 미래로라는 아이스하키클럽이었는데 회비도 저렴하고 우리가 결정한 일 중에 최고였다고 생각해. 네가 주말마다 땀을 확 빼고 올 때 그 개운해하던 얼굴을 지금도 잊지 못해.

그다음이 학업과 인성이었어. 학업이야 세월 따라 많이 바뀌니까 그 시대에 따라서 하되 절대로 귀가 얇아선 안돼. 흔들리다 보면 아이만 힘들어지거든. 일단 나는 '공부'라는 두 글자를 한 번도 말하지 않았어. 그 말은 학교에서 많이 들을 것 같아 효과가 없을 것 같아서. 엄마 마저 그 스트레스를 주지 않으려고 노력했어. 대신 인사 잘 하고 사람들을 차별하지 않는 품성을 지니게 하려고 애썼던 거 같아. 혹시 그런 모습이 안 보였을 때 엄마는 야단치기도 했고.

어쨌든 부부가 아이 교육에 대해서 진지한 얘기를 하고 계획을 세우는 것은 서로 생각도 맞춰보고 둘이 한 방향으로 가게 되니, 그게 계획을 세우는 일의 장점인 듯해. 자기 아이를 사랑하는 마음은 부부가 세상에 더 없는 동지니까 말야. 아이를 혼자 키우는 사람이라면 가장 가까운 사람들과 의논하며 방향을 정해가면 되겠지.

아이들은 어른의 등을 보고 자란다는 거 잊지 마. 말보다 행동하는 어른의 모습, 특히 뒷모습, 그게 가장 큰 영향을 준단다.

" 가까운 사람이 세상을 떠났을 때
　　그 슬픔을 어떻게 다스려요? "

🍃 가장 슬픈 별은 '이 별– 지구'라는 말이 있어. 이 별은 지구인데 '이 별'을 붙여 쓰면 '이별'이라는 거야. 지구에 태어나 지구를 떠나는, 이별은 누구나에게 숙명이지. 그러므로 지구인인 우리에게는 그 어떤 일도 일어날 수 있어. 생로병사의 인생이므로. 태어났으니 병이 들 수도 있고 늙어가는 것이 자연스럽고 그리고 세상과 언젠가 이별해야 한다.

세상에서 가장 슬픈 일은, 역시 이별이야. 가족이, 친구가, 정든 그 누군가가 나를 두고 이 세상에서 사라지는 것. 다시는 영영 보지 못하는 것. 그 이별의 슬픔은 그 어떤 것과도 비길 수가 없는 거 같아. 이별 준비도 안 했는데 갑자기 그 이별이 나에게 닥쳤을 때 지축이 흔들리는 충격을 받기도 해.

눈물에 심장이 들려나온다는 말을 너도 경험했지? 너를 참 아껴주던 큰아빠가 갑자기 세상을 떠났을 때, 어제까지만 해도 잘 계시던 큰아빠인데 예고도 없이 운명하셨을 때, 그때 중학생이던 네가 얼마나 울었는지 지금도 기억해. 네 방에서 밤새 흐느끼던 너의 소리가 지금도 들리는 듯해. 당시 아빠를 떠나보내고 계속 멍한 표정을 짓던 조카도 잊을 수가 없어. 우리 가족은 모두 혼돈의 슬픔에 빠졌지. 형을 잃은 아빠는 운전하다가도 눈물이 무릎 위로 주루룩 떨어지도록 오열하기도 했어.

그렇게 이별은 누구에게나 갑자기 찾아올 수 있어. 너에게 엄마도 아빠도 언젠가 기약 없이 바로 떠날 수가 있어. 하늘의 부름에 따라 가야만 하는 시간을 미리는 알 수가 없어. 그런 날이 와도 아들아, 너무 슬퍼하지 마. 또 새로운 세상으로 떠난다고 생각해줘야 해. 이미 떠난 사람은 더 이상 지구에 집착하지 않게 해줘야 해. 이 세상 인연이 다해서 가는 것이니 자유롭게 훨훨 날아갈 수 있게 보내줘. 내가 이 세상을 떠날 때 아들이 계속 우는 모습은 보기 싫을 거 같아. 엄마 잘 살게요, 하고 씩씩하게 보내주는 우리 아들의 모습을 보고 싶을 거 같아. 안심하고 잘 떠날 수 있게 말야.

그래도 슬픔이 제어가 안 될 때는 톨스토이 단편소설 《사람은 무엇으로 사는가》를 읽어보기 바란다. 세상의 슬픔이라는 것은 하늘에서 볼 때 그 어떤 일의 '관장'일 수 있다는 것을, 세상은 그 어떤 일도 일어날 수 있는 곳이라는 것을 알게 될 거야. 우리들이 생각할 땐 너무 슬픈 이별이, 하늘에서 보면 어떤 이치이고 질서인 거지. 지금의 슬픔이 그렇게 단순한 것만은 아니라는 거야. 나도 아버지를 갑자기 떠나보냈을 때, 엄마를 보냈을 때, 그리고 내가 너무도 따르던 작은오빠를 먼저 보냈을 때 너무 슬펐지만 이 질서를 생각하며 견딜 수 있었단다. 사람은 누군가 떠나면 또 다른 무언가의 사랑으로 채워진단다.

가족을 잃은 지인들이 영화 〈코코〉를 보고 위안을 받았다는 말도 많이 들었어. 영화든 소설이든 언젠가 네가 이별을 겪어야 했을 때 위안받을 수 있으면 좋겠어. 나만의 슬픔이 아니라 우주의 슬픔이라는 것. 누구나 외롭고 누구나 슬픔이 있고 나도 예외는 아니라는 것을 생각하며 마음 근육을 많이 키워두면 좋아.

슬픔을 술로 풀려는 사람도 있는데 술로는 절대 풀리지가 않아. 술이 깬 후엔 더 허망하고, 술로 인해 더 힘들어지는 사람들도 많이 봤어. 차라리 육체노동으로 슬픔을 해결했다는 사람이 많아. 슬픔을 많이 겪어본 분들의 얘기를 들어보면 슬픔에 부딪칠 때는 아주 빨리 움직이는 게 최고래. 계속 걷고 운동하고 일하고 걷고 뛰고…. 그러면서 비극에 져서는 안 된다고 다독이는 거지. 너도 언젠가 이별을 겪거나 슬픈 일이 생기면 땀을 확 빼는 운동을 해봐. 달리기도 좋고 농구도 좋고 축구도 좋아. 한없이 슬픔에 잠기는 애도의 시간도 필요하지만 그것은 되도록 짧게 하고, 동적으로 길게 푸는 것이 좋은 방법이야.

외할머니가 생전에 항상 하시던 말이 있어. "살암시민 살아진다('살다 보면 살게 돼 있다'는 제주도 말)." 언젠가 엄마나 아빠가 세상을 떠났을 때 넌 형제 없이 혼자니까 그 이별의 농도와 슬픔을 오롯이 홀로 느껴야 할지도 몰라. 사촌들이 위안이 돼주겠지만 그래도 혼자의 몫이 있어. 세월은 흘러가주고, 그리고 새로운 태양이 뜨고 새롭게 또 함께하는 사람들도 생기고 그렇게 인생이 흘러갈 거야.

아들, 영국의 호워스 생각나지? 《폭풍의 언덕》의 배경지이자 에밀리 브론테의 자매들 생가가 있는 곳. 밤에 도착했는데, 폭풍우가 불어서 마치 히드 클리프가 광기어린 눈으로 뛰쳐나올 것 같던 그곳 말야. 그러나 아침에 일어나 보니 밝은 햇살이 우리를 맞아줬잖아. 브론테 자매들은 너무 힘든 삶을 살았기에, 다시 힘을 내고 살아야 했기에 이런 시를 쓰며 버텨냈다고 해. 샬롯 브론테가 자신의 경험을 담은 시 'LIFE'. 그곳에 적혀 있던 바로 그 시야.

인생은, 정말, 어두운 꿈은 아니랍니다.

때로 아침에 조금 내린 비가

화창한 날을 예고하거든요.

어떤 때는 어두운 구름이 끼지만

다 금방 지나간답니다.

재빠르게, 그리고 즐겁게

인생의 밝은 시간은 가버리죠.

고마운 맘으로 명랑하게 달아나는 그 시간을 즐기세요.

가끔 죽음이 끼어들어 제일 좋은 이를 데려간다 한들

슬픔이 승리하여 희망을 짓누른들

그래도 희망은 쓰러져도 꺾이지 않고

다시 탄력 있게 일어선답니다.

그 금빛 날개는 여전히 활기차게 힘 있게

우리를 잘 버텨줍니다.

씩씩하게, 그리고 두려움 없이

시련의 날을 견뎌내보세요.

영광스럽게, 그리고 늠름하게

용기는 절망을 이겨낼 수 있을 거예요.

힘들 때마다 엄마는 이 시를 생각했단다. 인생관처럼 내 모든 곳에 적어둔 시야.

인생은, 정말, 어두운 꿈은 아니랍니다.

가끔 어두운 구름이 끼지만 다 금방 지나간답니다.

즐겁게 인생의 밝은 시간도 재빠르게 가버리죠.

고마운 맘으로 명랑하게, 달아나는 그 시간을 즐기세요.

PART 2.

셀프 컨트롤

몸과 마음 다스리기

> "일이 잘 안 풀릴 때는
>
>   어떻게 해야 할까요?"

● 언젠가 네가 물었지. 그동안 힘든 일이 있을 때면 어떻게 극복했냐고.

산 넘고 고개 넘고 터널도 건너고 바닥도 치고 지하까지 내려가고… 나도 살면서 많은 일을 겪었던 거 같아. 교통사고도 당해보고, 이피서 입원도 해보고, 네 학원비 낼 돈이 없어서 며칠 밤 뜬눈으로 지새기도 하고, 1년 넘게 잠 한번 제대로 못 자고 먹을 거 못 먹으며 병 얻어가며 쓴 일일드라마 원고료를 못 받은 적도 있고, 몇 년간 힘들게 기획한 드라마를 표절도 당해봤고, 어렵게 어렵게 드라마를 시작했는데 이번에는 또 배우 문제로 하루하루 위태롭고….

그러면서도 지금도 나는 뭔가를 쓰고 있고, 오늘도 나는 살아내고 있어. 꾸역꾸역 살아내는 게 아니라 하루하루 감사하며 순간순간 행복해 하며 글 쓰면서 살고 있어. 비결이라면 비결이고 이것밖에 없는 유일한 방법이라면 방법인데, 이럴 때 버티는 방법이 하나 있기는 해. 몸의 습관만 있는 게 아니라 마음의 습관도 있는데, 마음의 습관 중에 가장 중요한 것은 '낙천적으로 생각하기'야.

문학 작품이나 영화나 드라마 주인공에게는 공통점이 있어. 고난을 심하게 겪는다는 거야. 주인공이 고난을 겪지 않는 작품들은 재미나 감동이 없단다. 주인공은 인생 길에서 삐끗한 경험, 넘어진 경험이 많은 사람이야. 그러니 힘든 인생은 나를 인생의 주인공으로 만들어주는, 아주 좋은 기회이기도 해. '신이 나를 그저 조연이나 엑스트라로 캐스팅했다면 왜 이런 고난을 주겠어?' 그렇게 생각해보는 거야.

브라이언 카바노프의 《꿈꾸는 씨앗》에 보면 쌍둥이 얘기가 나온단다. 쌍둥이 중 한 아이는 언제나 희망으로 가득

찬 낙관론자였고, 한 아이는 늘 슬프고 비관적인 비관론
자였어. 걱정이 된 부모는 정신과 의사를 찾아갔는데, 의
사는 아이들 성격에 균형을 가져다주기 위해 이렇게 제
안해. "아이들의 다음 번 생일에 비관적인 아이에겐 최고
의 선물을 주고, 낙관적인 아이의 상자에는 거름을 넣어
주세요."

의사의 제안에 따라 두 아이에게 선물을 준 부모는 비관
론자 아이의 방을 들여다봤어. 그런데 그 아이는 큰소리
로 불평을 해대고 있었어. "자동차가 이게 뭐야? 내 친구
는 더 큰 자동차를 갖고 있는데." 이번에는 낙관론자 아
이의 방으로 다가가 안을 들여다봤어. 그런데 아이는 신
이 나서 거름을 공중에 내던지며 이렇게 킥킥대고 있었
어. "이렇게 많은 거름이 있다면 틀림없이 당나귀를 한
마리 사오신 거죠?"

좋은 선물도, 안 좋은 선물도 받아들이는 마음에 따라 이

렇게 다른 거란다. 행복과 불행, 낙관과 절망은 우리 삶의 쌍둥이야. 그중에 어떤 쪽을 발견하며 살고 있을까? 부정적인 생각으로 가득 차 있는 마음은 절대로 긍정적인 미래를 기약할 수 없어. 안 보이는 것은 좋은 쪽으로 생각하고, 앞날은 무조건 밝은 쪽으로 예상하며 안테나를 그렇게 양지 쪽으로 높이 세워보는 건 어떨까.

실패라는 불청객이 인생에 찾아왔을 때 낙천적으로 생각하는 사람은 크게 낙심하지 않아. 또 한 번 도전하는 기회로 삼지. 그러나 비관적으로 생각하는 사람은 작은 실패에도 크게 절망해. 늘 표정이 어둡고 다른 이의 한마디에 크게 상처받지. 지나가는 말에 절망하여 울고, 남들이 다 나를 싫어한다는 생각에 빠지고 말아.

'비관론자는 모든 기회 속에서 어려움을 찾아내고 낙관론자는 모든 어려움 속에서 기회를 찾아낸다.' 윈스턴 처칠이 한 말이야. 우리 마음에는 그렇게 전파 수신기가 있어. 좋은 마음으로 채널을 돌릴 수도 있고 안 좋은 쪽으로 채널을 돌릴 수가 있어. 어떤 상황이든 마음의 채널을 어떻게 선택하느냐에 따라 휘파람을 불 수도 있고, 한숨을 쉴 수도 있어. 언제나 마음에 낙천적인 채널을 선물하는 사람이길 바란다.

세상에서 가장 강한 사람은, 안 좋은 상황도 좋은 마음으로 이겨내는 사람이야. 행운은 스스로 만드는 것, 낙관은 힘이 세단다.

" 자꾸 조급해질 땐
어떻게 해야 할까요? "

이렇게까지 노력했는데 왜 난 성과가 없는 것일까, 그토록 기도했는데 왜 내겐 행운을 주지 않는 걸까 하고 조바심이 날 때가 있지? 남들이 다 달려가는 것 같고 벌써 다들 성공하는 거 같아서 마음이 급해지기도 하고 말야. 그런데 인생은 결국 끝에 가봐야 아는 거란다. 마지막에 웃는 사람이 되기 위해서는 기다릴 줄 아는 사람이 되어야 해.

현대사회는 즉각즉각 대답을 원하고 바로바로 처리를 해내지. 배가 고프면 24시간 편의점이나 24시간 식당도 있고, 언제 어디서든 배달도 돼. 모든 것이 즉석에서 해결돼. 그런 현대를 사는 우리에게 인생수업 중 가장 힘든 수업은 '기다림'이라는 과목이야.

옛날에는 어둠 속에서 빛을 밝히는 게 무척 어려웠잖아.

한 개비의 성냥불은 빛을 가져다주는 귀한 불씨였고, 한 종지의 석유를 담은 유리 등잔은 그야말로 빛을 부르는 엄숙한 제기와도 같았단다. 저녁마다 입김을 호호 불어가며 흐린 등피를 닦고, 등잔에 기름을 담고, 촛농으로 얼룩진 놋쇠 촛대를 닦고… 그렇게 정성스럽고도 힘들게 빛을 불러들여야 했어.

그런데 요즘은 정말 쉽지. 스위치를 누르던 시대에서 이제는 사람이 들어서기만 하면 인공 센서로 불이 켜지는 시대가 왔어. 영화 〈캐스트 어웨이〉를 보면 무인도에 떨어진 주인공이 불 하나를 피우기 위해서 각고의 노력을 하는 장면이 나와. 어둠에서 빛으로 바뀌는 전환이 너무 쉽게 이뤄지는 시대에 살아서 우리는 절망도 빠르고 포기도 빠른 건 아닌지.

엘리베이터는 현대인의 편한 도구야. 그러나 꿈을 이루는 도구는 될 수 없어. 꿈을 이루는 도구는 오직 사다리밖에 없단다. 하나하나 내 발로 디뎌야 올라갈 수 있는 사다리. 방해도 이겨내며 응원도 받아가며 올라가는 사다리. 꿈으로 가는 푸른 사다리에 한 발 한 발 꾸준히 올라가보는 일뿐, 언젠가는 다 오를 날 있겠지 할 뿐, 다른 방법은 없어.

엘리자베스 퀴블러 로스와 데이비드 케슬러가 함께 쓴 《인생 수업》에서도 이렇게 조언하더구나.

> 그 어떤 것이라도 단 한 번에 이루어지지 않는다. 당신이 무화과 하나를 원한다고 나에게 말하면 나는 이렇게 대답할 것이다. 그 역시 시간이 필요하다고. 먼저 꽃을 피우도록 기다리라고. 열매를 맺고, 그것이 마침내 익을 때까지 시간을 주라.

기다림을 잘하기 위해서는, 인내심을 기르기 위해서는 우선, 나쁜 상황을 받아들이는 연습이 필요해. 사랑하는 사람이 네 사랑에 보답하지 않는다고 해서 그 사랑을 강요할 수는 없어. 암을 앓고 있다고 해도 그것을 당장 고칠 수는 없어. 꿈이 이루어지지 않는다고 해서 신에게 대들 수도 없어. 나쁜 상황은 불행하게 하지만, 그 사실 자체를 바꿀 수는 없어.

그런데 불행한 어린 시절을 바꿀 수는 없겠지만 남은 인생은 멋지게 살 수 있단다. 누가 너를 사랑하게 만들 수는 없지만, 네 소중한 시간과 열정이 낭비되는 것을 막을 수는 있어. 마술 지팡이를 휘둘러 암을 사라지게 할 수는 없지만 그렇다고 삶이 끝난 것은 아니야. '인내' 수업에서 A학점을 받은 누군가는 이런 힌트를 전해줄 거야. 나쁜 것 속에서 좋은 것을 발견하라고. 그것이 인생의 가장 큰 배움이라고.

미국 법원 역사상 가장 존경받는 대법관인 벤자민 카도조는 이런 말을 남겼단다. '나는 뚜벅뚜벅 걷는 평범한 사람이다. 평범하기 때문에 멀리 가지는 못한다. 그러나 뚜벅뚜벅 걷다 보면 제법 많이 가기도 한다.' 그러면서 그는 '만약 내가 다른 사람들보다 조금 더 많이 갔다면 용기와 충실함과 근면함 때문'일 거라고 했어.

급히 뛰어가는 사람과 천천히 걷는 사람, 그중에 물론 경쟁력은 뛰어가는 사람에게 있겠지. 하지만 끝까지 꾸준히 가는 사람에게는 아무도 못 당하는 거야. 뭔가를 향해 계속 그치지 않고, 멈추지 않고, 묵묵히 걸어가는 사람들, 그런 사람들이 결국에는 더 멀리 간다는 사실을 명심하렴. 세월의 속도에는 상관없이, 타인의 보폭에도 신경 쓰지 않고 오직 내 속도, 내 보폭으로 꾸준히 걸어가는 사람은 당당하고 거칠 것 없단다.

" 자꾸 걱정이 생기면

어떻게 해야 할까요? "

⏤ 너는 종종 나한테 말하지. 걱정 좀 그만하라고. 그러게 말야. 왜 이렇게 걱정을 하는 것인지. 이 말은 그러니까 너한테 말하기보다 나 자신에게 하는 말이야. 하지만 너도 같이 생각해보자. 나는 큰 걱정보다 오히려 잔걱정을 더 많이 해. 다시 말하면, 쓸데없는 걱정을 많이 해. 그래서 종종 긱징하는 내 마음에 수의보, 경계령을 발하곤 해. 쓸데없는 걱정 금지!

살아가면서 우리는 피할 수 있는 일과 피할 수 없는 일을 만나게 되지. 그중에서 피할 수 있는 일이라면 불행할 것을 미리 예방할 수 있을 거야. 그 일을 피하고, 하지 않으면 되니까. 그런데 피할 수 없는 일이 있어. 피할 수 없는 일을 할 때 누구는 걱정해. 잘해낼 수 있을까? 어떡하지? 걱정 때문에 "아, 스트레스 쌓여"라는 말이 튀어나와.

헬렌 니어링은 《아름다운 삶, 사랑, 그리고 마무리》에서 '일상생활에서 스트레스 줄이는 법 열 가지'를 제시했어.

＊ 어떤 일이 일어나도 당신이 할 수 있는 한 최선을 다 하라.

＊ 마음의 평정을 유지하라.

＊ 당신이 좋아하는 일을 찾아라.

＊ 집, 식사, 옷차림을 간소하게 하고 번잡스러움을 피 하라.

＊ 날마다 자연과 만나고 발밑에 땅을 느껴라.

＊ 농장 일 또는 산책과 힘든 일을 하면서 몸을 움직여라.

＊ 걱정을 떨치고 하루를 시작하라.

＊ 날마다 다른 사람과 무엇인가 나누면서 누군가를 도 와라.

＊ 생활에서 유머를 찾아라.

＊ 모든 것에 내재돼 있는 하나의 생명을 관찰하라.

＊ 모든 피조물에 애정을 가져라.

스트레스를 줄이는 법은 알고 보면 어렵지 않더구나. 욕심을 줄이고, 자연과 친해지고, 몸을 좀 더 많이 움직이고, 사람을 좋아하고, 무엇보다 쓸데없이 걱정하지 않으면 돼. 걱정이라는 것은 마음 중앙에 떡 버티고 있어도 아무런 힘이 없어. 걱정한다고 달라질 것은 아무것도 없기 때문이야.

어느 책인지는 기억나지 않는데 이런 고백은 기억나. 열 살에도 걱정이 있었고 스무 살에도 걱정이 있었고 서른 살에도 걱정이 있었고 마흔 살에도 걱정이 있었는데, 그때의 걱정들은 모두 어디로 사라져버렸는지 지금은 흔적조차 찾을 길이 없다고. 그때는 지독하게 걱정하지만 세월이 지나고 보면 아무것도 아닌 것, 그게 걱정이야. 걱정은 시간이 지나면 100퍼센트 소멸해.

그런데, 시간만 지나면 없어지는 그것 때문에 괜히 심장 고생시킬 일, 있을까? 걱정하는 마음은 내가 움직이면 이리저리 흔들의자처럼 출렁여. 그러나 내가 움직이지 않으면 아무 데도 갈 수 없어.

그래서 몽테뉴도 말했나 봐. '나의 삶은 불행으로 가득한데 그 대부분은 아직 일어나지도 않은 일들이다.' 나도 이제는 사서 마음고생하는 일 없도록 할게. 아직 일어나지 않은 일 때문에 걱정하는 일 없도록 하자.

" 스트레스가 심할 때 평온을
얻는 방법이 있을까요? "

● 인생의 어느 시기든 스트레스는 언제든 존재할 거야. 젊어서 고통스러우면 이게 당연하구나 생각하고, 중년에 고단하면 이게 정상이구나 생각하고, 늙어서 고독하면 이게 바로 인생 그 자체구나 생각해. 이 중에 노년의 고독이 가장 무서울지도 몰라. 먼 훗날 언젠가 너도 겪게 되면 엄마도 아빠도 이 길을 먼저 갔구나 생각해. 그럼 또 신기하게 작은 행복들이 너를 웃게 할 거야.

인생이 자꾸 나를 피곤하게 할 때는 음악을 잊지 말아줘. 고3 때 너는 학교 갔다 오면 바로 컴퓨터에 앉아서 노래를 다운받았지. 30분에서 1시간 정도 노래를 다운받는 것을 보면 나는 속이 타곤 했어. 하루는 참다 참다 너에게 말했지. "지금 고3이고 수능이 내일 모레인데 음악 다운받을 시간이 아깝지 않니?" 그러자 네가 한 말. "엄마, 저 이걸로 버텨요. 이거 아니면 나 숨 막혀 죽을 거 같아요.” 그래, 바로 그거야. 버틸 힘을 주는 것. 음악이 바로 그거야. 윤활유.

그리스 출신의 세계적인 팝 가수 데미스 루소스가 부른 명곡 ‘Follow Me’. 이 노래가 바로 엄마의 최애곡이거든. 데미스 르소스가 ‘아프로디테스 차일드(Aphrodite's Child)’를 결성해서 여러 명곡을 남기지만 밴드 해산 후에 솔로 활동을 하는데, 1985년에 그가 탄 비행기가 공중 납치되는 사건이 일어났어. 납치가 된 그 상황에서 그가 노래를 불러주자 납치범들이 진정이 돼서 무사히 풀려날 수 있었고 기내에서 데미스 루소스의 생일까지 축하해주었대. 비행기 납치범의 마음까지 감화시킨 거야. 그게 바로 노래의 힘이야.

언젠가 너무 조급해질 때, 영혼이 피곤해서 미치겠을 때 음악을 들으렴. 고3 때 너를 위로해주던 그 노래들을 다시 들어도 좋아. 음악 들을 땐 기분 좋은 상상을 해봐. 영화 〈사운드 오브 뮤직〉에 보면 줄리 앤드류스가 불안에 떠는 아이들에게 그렇게 말하거든. 기분이 나쁠 때는 좋은 일만 상상하라고.

수선화! 푸른 초원! 하늘의 별들! 장미 꽃잎의 빗방울과 아기 고양이의 수염. 주전자와 예쁜 장갑. 크림색 조랑말과 애플파이. 초인종과 썰매 방울. 달리기 하는 거위. 코와 눈썹에 떨어지는 눈송이들. 봄 기운에 녹는 겨울 풍경들. 크리스마스. 아기 토끼들. 방학. 베개 싸움. 생일 선물….

그리고 어린 시절 네가 축구공 차며 뛰놀던 운동장과 네가 스틱 들고 뛰던 빙판을 떠올리렴. 찰스 디킨스가 쓴 《크리스마스 캐롤》에서 스크루지의 조카 프레드가 그런 말을 해. "삼촌, 세상에는 돈벌이가 되는 건 아니지만, 기쁜 일이 많아요. 크리스마스도 그런 일 중 하나죠." 그래, 돈벌이가 안 되지만 기쁜 일이 분명히 있어. 음악도 그중에 아주 중요한 하나야. 복잡한 세상을 잊게 해주고 삶의 윤활유 역할을 해준단다. 고3 때 네가 한 말처럼 노래로 버텨내렴.

이 시대의 진정한 천재는 삶을 축제처럼 살고, 순간순간을 즐기고, 작은 것에 행복해하고, 세월의 흐름을 타는 사람이야. 인생은 길다는 것을 알고 음악을 항상 곁에 두고 행복 상류층으로, 감성 천재로 인생이라는 춤판을 즐겁게 만들기를 바란다.

" 에티켓과 매너를 갖추려면
                        어떻게 해야 할까요? "

누군가 '에티켓'은 이런 것이라고 정의를 내렸지. '아름다운 그림이 망가지지 않도록 그 주위를 잘 둘러싸고 있는 액자틀, 그것이 에티켓이다.' 에티켓이란 다른 사람의 즐거움을 빼앗지 않는 것, 그래서 인생의 아름다움을 잘 누리게 하는 아주 사소한 힘, 다시 말하면 '남을 위해 배려하는 미음'이야.

우리의 기분을 결정짓는 것은 뜻밖에 아주 사소하지. 버스 안에서 몸이 불편한 사람에게 자리를 양보하는 사람을 보면 흐뭇한 마음이 들어. 하지만 먼저 가겠다고 마구잡이로 끼어드는 자동차를 만나면 하루 종일 기분이 상하기도 해. 에티켓을 지키는 것은 별로 어렵지 않아. 한 박자만 잠시 늦추는 것, 나보다 더 절실한 사람은 없는지 살피는 여유, 그것만으로도 충분한 에티켓이 되어준단다.

그렇다면 매너는 무엇일까? 에티켓은 '있다' '없다'로 구분하지만 매너는 '좋다' '나쁘다'로 구분해. 에티켓은 사람이라면 누구나 당연히 지켜야 하는 도리이고, 매너는 에티켓을 지키는 방법이라고 보면 된단다. 예를 들면, 에티켓을 지키기 위해 어떻게 하는지가 매너인 거야.

영화 〈킹스맨〉의 명대사 생각나지? 콜린 퍼스가 동네 불량배들에게 하는 말, "매너가 사람을 만든다(Manners maketh man)." 매너는 누가 본다고 해서 갑자기 급조돼서 튀어나오는 것이 아니야. 그냥 자연스럽게 몸에 밴 습관인 거지.

에티켓과 매너는 단어의 의미는 조금 차이가 있을지 몰라도 본질은 같은 거야. 이런 일화가 있어. 어느 날 앞을 못 보는 사람이 물동이를 머리에 이고 손에는 등불을 들고 우물가에서 돌아오고 있었어. 그때 그와 마주친 마을 사람이 물었어. "앞을 못 보면서 등불은 왜 들고 다닙니까?" 그러자 앞 못 보는 사람이 대답했어. "당신이 저에게 부딪힐까 걱정돼서요." 그가 손에 들고 있는 등불은 자신을 위한 것이 아니라 타인을 위한 것이었어. 그렇게 나보다 남을 위한 배려가 에티켓의 요소란다. 그리고 그 배려가 매너로 표현되는 거야.

나보다 남을 먼저 생각하는 마음, 내가 하고 싶은 것을 조금 참고 남이 하고 싶은 것을 먼저 챙길 줄 아는 마음, 내가 먼저 행하려던 것을 한 박자 늦추고 남에게 먼저 양보하는 마음, 내가 아픈 것보다 남이 아픈 부분에 더 민감한 마음, 그렇게 타인에 대한 마음이 에티켓이고 매너야. 기본적인 에티켓을 지키며 어디서나 자연스러운 매너를 발휘하는 멋진 사람이기를 바란다.

" 너무 힘들고 지칠 땐
　　　어떻게 해야 해요? "

뜨거운 태양이 내리쬐던 그날, 엄마에겐 잊을 수 없는 날이었지. 엄마가 중3, 이모는 중1이었고 방학이 시작되자 환호성을 지르며 바다로 뛰어갔어. 그리고 한 시간 뒤, 엄마와 이모가 동시에 죽을 뻔했어. 신나게 헤엄치며 놀고 있는데 평온하던 바닷물이 갑자기 물살이 거세지며 어디론가 빨려 들어가는 거야. 온 힘을 다해서 헤엄쳐도 제자리. 늪처럼 빨려 들어가 정신없이 소리 지르고 허우적대기 시작했어.

그리 깊지 않은 곳이었는데 갑자기 발도 닿지 않았어. 살려달라고 소리쳤지만 친구들은 내가 장난하는 줄 알았던 거야. 깔깔 웃어대기만 했어. 같이 헤엄치던 동생은 숨이 차니까 나만 부여잡고 놔주지 않았고, 내가 숨이 막혀 죽을 거 같은 순간에만 동생을 잠깐 누르고 겨우 숨을 내쉰 뒤 다시 물속으로 들어갈 수밖에 없었어. 물 위로 잠깐 고개를 내밀었을 때 "살려달라"고 외쳤지만 소용이 없었어. 계속 허우적대자 그제야 친구들이 튜브를 구해다 던져줘서 살아날 수 있었어. 삶과 죽음의 경계가 그렇게 한순간이었어. 내가 워낙 수영을 잘했고 평소에 장난꾸러기 짓을 많이 한 탓이었어. 친구들은 설마 내가 그리 깊지도 않은 물에 빠질 줄 몰랐다고 해.

살면서 어느 날 갑자기 찾아오는 고난도 이런 걸 거야. 아무리 헤엄쳐도 빠져나갈 수 없을 것 같은 절망감. 도무지 헤어 나올 수 없을 정도로 물살이 세다면 혼자선 감당이 안 돼. 남이 보기엔 '헤엄도 잘 치는 네가 그럴 리가' 하고 생각할 수 있어. 그러는 척하는 거라고 받아들일 수도 있지.

결국 튜브를 던져주는 것은 주위에 있는 사람들이야. 예상치 못한 물살에 내가 익사당할 뻔했던 것처럼, 혼자서 해결이 안 될 땐 주위에 소리쳐서 도움을 요청해야 해.

그럼 튜브는 던져오게 돼 있어. 단, 정말 죽을 지경일 때 그래야 해. 평소에 툭 하고 아우성친다면 진짜 힘들 때도 튜브를 주지 않을 거야.

30년 넘게 매일 원고를 써야 하는 라디오 작가로 살면서 막막해올 때가 있어. 오늘 방송 끝나면 내일 방송 써야 하고, 그리고 또 모레 방송도 써야 하고…. 눈을 치우면 바로 또 눈이 내리는 것처럼 계속 쓰고 버리고 또 써야 하거든.

눈 뜨자마자 벌떡 일어나 컴퓨터 앞에 앉으면 조금 지나서야 내 영혼이 황급히 따라와 앉는 느낌이 들 정도로 매일매일 긴장감 속에서 살아왔어. 그렇게 하루하루 보내면서 가끔 암담해질 때가 있어. 내가 잘 가고 있는 건가, 제대로 하고 있는 건가, 인생을 잘 살고 있는 건가 회의감이 들 때. 예기치 않게 청취자로부터 호된 야단을 맞을 때도 있어. 그보다 더한 괴로움은 나 자신에게 실망할 때야. 그냥 확 일을 놔버리고 싶기도 하고 어디론가 도망가 버리고 싶어질 때. 그럴 때마다 나는 중학교 때 겪은 이 경험도 떠올린다.

제주의 표선 바다에서 체육 실기시험을 볼 때였어. 전체 학생들이 출발 신호와 함께 축항(방파제)까지 도착하기. 헤엄칠 줄은 알았지만 방파제를 보니 너무 아득했어. 도저히 내 헤엄 실력으로는 저기까지 닿지 못할 것 같았거든. 친구들 중에는 이미 해녀급으로 수영을 잘하는 애들도 있었거든. 그애들에겐 축항까지 헤엄치는 건 아무렇지도 않은 일이었어.

삐이익~! 출발을 알리는 호각 소리가 울리고 일제히 헤엄치기 시작했어. 처음엔 목표 지점까지 정말 암담했어. 근데 일단 눈앞의 파도만 넘기며 죽어라고 헤엄쳤단다. 그날 깨달은 것이 있어. 일단 출발하면 방파제가 멀다는 건 생각하지 말고 그저 눈앞의 파도만 넘다 보면 어느새 도착한다는 것을. 인생길을 갈 때도 저 멀리 목표를 내다 보면 암담할 수가 있어. 그날그날, 내게 닥친 일들을 하다 보면 어느덧 목표는 달성돼 있을 거야.

인생길을 가는 게, 어떤 때는 파도타기 하듯이 즐거울 때도 있어. 이 항로를 절대 바꾸지 않을 정도로 순조로울 때. 그러나 그런 시기는 잠깐이고 열심히 살다가도 지치고 힘들 때, 그럴 땐 마법 같은 해결법이 있단다. 피곤하니? 힘드니? 그럼 우선, 불 끄고 자. 어젯밤엔 지쳐서 눈앞에 해롱거리던 모든 사물이 밤새 충전이 돼서 힘차게 손짓하는 걸 보며 신기했던 적이 많아. 잠은 어제의 스트레스를 단절시켜주거든.

잠에 드는 시간을 절대로 아까워하지 마. 자버리기엔 너무나 아까운 유혹들이 있지. 놓치기엔 너무 아까운 밤의 매력들 말야. 하지만 눈 딱 감고 자는 용기를 가져야 해. 우리 몸속의 장기들도 기분 좋게 쉬고 싶을 텐데 주인이 안 재워서 툴툴대고 있을지도 모르거든. 단, 잘 때는 불빛을 다 차단하고 푹 자야 해. 치유를 담당하는 호르몬인 멜라토닌이 깜깜해야 작용한대. 모든 미련들도 다 로그아웃 하렴. 휴대폰 불빛도 끄고 미등도 끄고 푹 자자. 잠잘 때 인체의 생화학적 시스템이 리셋 되거든. 세포도 회복되고 수천 억 개의 뇌신경도 회복이 된다니 놀랍지?

밤이 아니라 낮에도 너무 지칠 때는 15분에서 20분 정도 낮잠을 자는 것도 좋아. 길게 자면 오히려 컨디션을 해치니 딱 15분에서 20분 정도 눈을 붙이면 놀라운 회복력을 주더구나. 네가 혹시 기억할지 모르지만, 중학교 때 너 학교에서 돌아오면 엄마가 암막커튼 치고 꼭 잠깐 눈 붙이라고 추천했지? 너도 한 번 자고 일어나니까 제2의 하루를 시작하는 거 같다고, 그 후에 학원에 가도 정신이 명료해서 공부가 잘됐다고 했던 기억이 난다. 바로 그게 잠의 힘이야. 육식 동물들도 먹이를 잡은 후에는 완전히 휴식을 취함으로써 뛰어난 전투 능력을 유지한다고 해.

쉬면서 육체를 회복시키는 거지.

그리고 하나 더. 피곤을 풀어주는 신기한 마법! 그것은 목욕이야. 아무리 힘들다가도 목욕이나 뜨끈한 물로 샤워하면 새로운 힘이 나거든. 게다가 내가 좋아하는 비누 향기로 씻는다면 더 행복해져. 그래서 난 샤워용품을 살 때 향기를 몹시 중요하게 생각한단다. 꼭 냄새를 맡아보고 결정하거든. 코를 행복하게 해주는 아로마 향을 맡으려고 빨리 샤워하고 싶어지니까. 샤워 전과 후의 컨디션이 달라지는 것을 너도 느낄 거야. 일이 잘 안 풀리고 인간관계나 연애도 잘 안 될 때는 목욕을 하고 나서 잠에 푹 빠져보렴. 방전됐던 전화기가 충전되는 것처럼 자고 나면 새로워진 몸이 너를 맞아줄 거야.

" 일의 목적은 어디에

뒤야 할까요? "

"앞으로 제가 무슨 일을 했으면 좋겠어요?" 네가 그런 질문을 해줘서 정말 기뻤어.

목적이 있는 것과 없는 것은 그 일을 행하는 당사자의 동기부여에 엄청난 차이를 가져오거든. 앞으로 하게 될 일이나 지금 하는 일도, 이루려고 하는 지향점이 있어야 즐겁게 일할 수 있어. 어릴 때 엄마와 자주 보던 만화 기억나? 《미스터 초밥왕》 말이야. 거기 밑줄 쫙 그은 대사가 있어.

사람을 미워하는 마음을 갖고 있다면 초밥은 마음이 아니라 손끝에서 만들어진다. 증오스러운 마음에서는 새로운 사랑을 볼 수 없고 자기 자신까지 미워하게 되는 법. 다시 한 번 되새겨보거라. 네가 만드는 초밥은 사람을 행복하게 하는 일이냐?

이 대사는 내 스스로에게도 계속 물어보는 말이야. '내가 하는 이 일은 사람을 행복하게 하는 일일까?' 우리가 하는 일의 지향점은 바로 그것이 돼야 하지 않을까. 사람을 행복하게 만드는 일.

우리가 하는 일은 그 과정에서 초밥처럼 다양한 맛이 나지. 단맛, 매운맛, 신맛, 쓴맛, 짠맛, 감칠맛…. 아무리 노력해도 단맛을 만들어주지 못하고 신맛을 선사할 수도 있고, 아무리 애를 써도 감칠맛보다 쓴맛을 선물할 수도 있어. 그러나 그 과정에서도 늘 잊지 않고 지녀야 할 것, 그것은 바로 내가 하는 일이 '언젠가는 사람들을 행복하게 해줄 거라는 믿음'이어야 해.

글 쓰는 직업을 가진 나도 마찬가지야. 자주 생각해. 과연 몇 사람의 마음을 두드리고 있을까? 메마른 가슴에 물기를 주고 있을까? 아픈 가슴에 위로를 전하고 있을까? 독자나 관객을 한 번 울게 하기 위해서 작가는 열 번

울며 써야 해. 독자나 시청자가 한 번 웃게 만들려면 작가는 백 번 웃으며 써야 해. 그러기 위해서는 더 많이 느끼고 더 많이 체험하고 더 많이 애를 써야 해.

사람 마음을 두드리는 일, 사람의 마음에 감동을 심어주는 일, 사람을 이롭게 하는 일, 거기에 니의 일의 목적을 두었으면 좋겠어.

세계 최초의 뉴스 앵커인 월터 크롱카이트. 그 당시 역사의 순간에 반드시 그가 있었다고 하지. 케네디 암살 사건, 마틴 루터 킹 암살 사건 등 역사적인 사건들은 모두 그의 방송을 거쳤어. 역사의 소용돌이 속에서 대부분 충격적이고 아픈 뉴스밖에 없던 시절, 월터의 뉴스에서 그의 마지막 멘트는 늘 이렇게 끝났다고 해.

"That's the way it is(세상 일이 다 그렇죠)!"

골치 아픈 소식을 전한 뒤에 사람들에게 위로를 전하고 싶은 그의 마음이 잘 느껴지지 않니? 그가 하는 일의 여러 가지 기능 중에서 '위로의 기능'을 잊지 않고 늘 행한 거였지. 지치고 힘들고 아픈 마음을 위로하고 그 위안의 힘으로 힘차게 나아가게 하는 일, 너도 어떤 일을 하든 그런 목적을 염두에 두었으면 해.

만일 커피 전문점을 열었을 때 '어떻게 하면 돈 적게 들이고 많이 벌까?' 하는 고민부터 하면 오히려 돈을 못 번다고 하지. '어떻게 하면 맛있는 커피로 여길 찾는 사람들을 행복하게 해줄까?'를 고민하면서 노력하다 보면 결국 사람들이 찾게 돼 있고 점점 잘되게 된다고 해.

식당도 마찬가지. '어떻게 하면 맛있게 해서 손님들을 행복하게 해드릴까?' 하는 생각으로 부지런히 싱싱한 재료도 사오고 '식사 후에 손님들이 어떻게 하면 기분 좋게 이 식당을 나갈까?' 고심하고 그 방법을 모색하다 보면,

어느 날부터 장사가 잘되기 시작한다는 거야. 진정성 있는 마음이 손님들에게 전달되는 거지. 내가 하는 일을 통해 사람들에게 행복을 주고 기쁨을 주고 싶다는 소명감, 이것이 가장 중요한 셀링 포인트가 되어줄 거야.

무엇보다 자신이 좋아하는 일을 하자. 그게 최우선이야. 이런 일화가 있어. 젊은이가 훌륭한 화가를 찾아가서 이렇게 물었어. '저에게 소질이 있어 보입니까?' 그 화가는 이렇게 대답했어. '소질이 있고 없고가 중요한 게 아니야. 그리고 싶어 못 견뎌야 그려지는 것이지.'

그걸 안 하면 못 견디는 것, 돈을 내서라도 하고 싶은 것, 그것이 바로 자신이 꼭 해야 할 일인 거겠지. 즐겁게 하는 사람은 아무도 못 당하거든. 인생의 지향점은 성공보다 행복에 둬야 해. 그러니까 자신이 행복한 일을 하는 게 좋겠지.

내가 즐겁게 할 수 있는 일을 하자. 다른 사람 마음을 이롭게 하는 일을 하자. 그래서 지구 한 귀퉁이를 조금이라도 밝게 하자. 그 귀퉁이의 영역이 점점 넓어지면 더 좋고, 아니어도 할 수 없고. 빨리 이뤄지면 좋겠지만 아니면 천천히 다지면서 더 단단해지렴. 속도나 범위는 나중 일이야. 우선 방향을 잘 정해놓고 그대로 가보는 거야.

" 자존심을 지키려면
　　　　어떻게 해야 할까요? "

🍃 살다 보면 자존심 상하는 일 정말 많지. 자존감이 바닥으로 내려가는 일도 많고. 그럴 때마다 자존심은 어떻게 지켜야 할지 고민하게 돼. 나도 자존심 때문에 놓친 기회가 참 많아.

내가 쓴 대본이 재미없다고 하면 자존심 상한답시고 어렵게 다가온 기회를 놓아버리곤 했어. 돌이켜보면 가장 후회되는 것이 바로 자존심의 의미를 제대로 파악하지 못한 지점들이야. 이 분야에서 최고의 작가로 성장한 작가들을 보면 그들은 자존심 상한다고 그 일에서 손을 놓아버리는 일이 결코 없었어. 버티고 견디면서 나중을 도모했어. 결국 쓰디쓴 시간을 통과해내고 큰 성과를 올리게 됐지.

프랑스 철학자 볼테르는 자존심을 풍선에 비유했어. 자존심은 바람으로 부풀린 풍선이라고, 풍선은 잘 불어줘야 그 기능을 발휘한다고 말야. 그런데 풍선도 너무 지나치게 불면 뻥, 터지고 말잖아. 자존심 역시 그 적정선을 지키기가 쉽지 않아. 사소한 일에 자존심 세우다 낭패 보기도 하고, 때로는 자존심을 지키기 위해 눈물짓기도 하지.

자존심의 의미를 잘 알려주는 일화가 있어. 세계의 기아가 생긴 곳으로 가서 봉사했던 테레사 수녀님 얘기야. 굶는 아이들을 위해서 테레사 수녀가 어느 빵집으로 가서 말했어. "아이들이 굶고 있는데, 저 빵 좀 기부해 주시면 안 될까요?" 그러자 빵집 주인이 적선은 고사하고 "에이, 재수 없어. 얼른 꺼져요"라며 테레사 수녀의 얼굴에 침을 뱉었어. 테레사 수녀가 그 침을 닦으며 "남는 빵이라도 있으면 좀 주시면 안 될까요?"라고 또 한 번 사정했어. 테레사 수녀와 같이 갔던 봉사자가 참지 못하고 울컥하며 말했어. "수녀님은 굴욕스럽지도 않으세요?" 그러자 수녀님은 이렇게 말했어. "나는 여기에 빵을 구하러 왔지, 자존심을 구하러 온 게 아니거든요." 진정한 자존심이란 이런 게 아닐까.

프로가 되어 일하다 보면 자존심에 상처 입고 울고 싶어질 때가 많아. 남의 돈을 버는 게 가장 힘들다는 말들을 하잖아. 그럴 때는 '난 돈을 벌러 왔지, 자존심 벌러 온 게 아니야'라고 테레사 수녀님의 말을 빌려 마음을 다스려보는 것은 어떨까.

언젠가 길을 달리는데 앞에 가는 차 뒷유리에 이렇게 쓰여 있더구나. '떴다 왕초보!' 웃음이 나왔어. 초보 운전을 알리는 글귀들이 다양하더라. '완전 초보, 죄송합니다' '조금만 봐주세요' '3시간째 직진 중' 등등. 초보 운전할 때는 그렇게 자존심보다 목숨이 중요해. 그래서 나도 모르게 귀여워져.

신입사원들도 마찬가지. 회사에 처음 들어오면 업무 파

악에 서툴러서 자기도 모르게 자존심 같은 거 안 세우게 돼. 자존심보다 겸손함과 감사함이 넘쳐날 때를 생각해보면 모두 '처음'일 때야. 자존심의 적정선, 그것은 바로 '첫 마음'이 아닐까.

첫 마음으로 사람을 대하고 첫 마음으로 일을 대하고 첫 마음으로 세상을 대하는 것. 그것이 무거운 자존심의 갑옷을 벗는 방법이란다. 자존심 다치는 일과 직면할 때면 언제나 떠올리렴. 너의 첫 마음을. 그 설레고 떨리던 간절함을.

" 다른 사람에게 편견이 생길 땐
어떻게 할까요? "

사회생활을 하다 보면 여러 사람을 만나게 되는데, 그 사람에 대해 편견을 갖고 대하는 경우가 생기기도 해. 나와 다른 사람을 만나면 '다름'이 불편할 수도 있지. 하지만 우리는 모두 다르기 때문에 특별한 거야.

가로수 길을 걷다 보면 양쪽으로 쭈욱 늘어선 나무들이 다 같은 나무로 보이잖아. 그런데 알고 보면 똑같은 나무는 단 한 그루도 없어. 휘어진 줄기의 모양이 다르고 잎의 모양이 달라. 그 나무에 달린 수천 개의 잎사귀들 역시 눈으로 보면 똑같아 보이지만 단 하나도 같은 잎은 없어. 어느 한곳이 달라도 다르고 색채가 달라도 다르고 모양이 달라도 다르단다.

사람 역시 그래. 세상에 나와 똑같은 사람은 존재하지 않아. 같은 모습이라고 해도 어딘가 다르고, 같은 키로 서 있다고 해도 어딘가 달라. 일란성 쌍둥이도 어딘가는 모습도 다르고 행동도 다르고 마음도 달라.

그런데 나와 다른 사람을 만나게 될 때, 우리에게는 알게 모르게 마음에 스며들어 있는 단단한 등뼈가 있어. 선입견, 편견의 등뼈 말야. 저 사람은 못 배웠으니 이럴 거야, 저 사람은 집안이 이러니 저럴 거야, 저 사람은 모습이 저러니 행동이 이럴 거야…. 알게 모르게 쌓인 편견이나 선입견들이 마음에 가득해.

많이 배웠다는 소리 듣고 싶고, 좋은 데 산다는 소리 듣고 싶고, 잘 산다는 소리 듣고 싶고, 폼 난다는 소리 듣고 싶고…. 이 모든 욕망은 다른 사람에게 잘 보이려는 심리, 그러니까 다른 사람의 나쁜 편견에 속하고 싶지 않은 심리에서 비롯되는 거지.

우리는 모두 참 다른 사람들이야. 하다못해 정신을 집중

하는 방법도 사람마다 다 달라. 베토벤은 해이해질 때마다 얼음물을 머리에 뒤집어썼고, 디킨슨은 항상 몸을 북쪽으로 향하게 하고 글을 썼다고 해. 로시니는 담요를 뒤집어쓰고 작곡했고, 발자크는 수도승처럼 흰옷을 입고 글을 썼어. 옷을 모두 벗고 연주해야 잘되는 바이올리니스트도 있고, 시끄러운 락 음악을 들으면서 그림을 그려야 잘되는 화가도 있단다.

나와 작업 스타일이 다르다고 해서 그 사람을 미쳤다고 할 수 있을까? 나와 다른 차림을 하고 있다고 해서 그 사람의 인간성 자체를 부정할 수 있는 걸까?

어떤 대상에 대한 선입견은 겪어보지도 않고서 미리 미워하고 미리 멀리하게 만들어. 직업이 저러니 그럴 거야, 외모가 저러니 그럴 거야, 학력이 저러니 그럴 거야, 태생이 저러니 그럴 거야… 이런 선입견은 인간관계와 가치관의 오류를 범하게 해.

지역을 나눠서 네 편 내 편 가르고, 학벌로 평가해서 편을 가르고, 재산과 평수로 편을 가르더니 이제는 혈액형까지 선입견으로 작용하고 있어. 그런데 겪어보지도 않고 그 사람에 대해 함부로 판단하는 것은 위험한 일이야.

나와 다른 사람을 이해하기 위한 노력, 나와 다른 사람을 인정하기 위한 배려, 그것은 변화무쌍하고 다양한 이 시대를 살아가는 우리의 의무사항은 아닐까 싶어.

언제나 타인을 존중하는 마음을 지니렴. 존중은 타인을 이해하는 마음이란다. 그 사람이 나와 다르다고 해서 이해하지 못하고 용납도 하지 못한다면 더 이상 그 어떤 관계로의 발전도 없어. 나와 다른 그의 직업을 이해하고, 나와 다른 그의 입장을 이해하고, 나와 다른 그의 개성을 이해하고, 나와 다른 그의 가치관을 용납하는 것. 그것이 존중의 조건이란다. 타인을 존중하는 마음은 또 다른 존중을 낳고 곧 선한 동력을 발휘할 거야.

'외눈박이'에서 온 편견, 한쪽 눈으로만 사람을 보는 편견을 허물고 둥근 마음, 열린 마음으로 그에게 다가가길 바란다. 그러면 그의 다름이 나쁜 게 아니라 흥미로운 것으로 작용하게 될 거야. 타인의 다름을 받아들여 존중하면 너도 더 발전할 수 있단다.

" 나를 미워하는 사람이 생기면
어떻게 해야 할까요? "

사이가 안 좋은 직장 동료가 있다든지, 잘 지내고 싶은 사람이 나를 미워하는 게 느껴진다든지 하면 참 힘들지. 링컨도 그랬잖아. 1,000명의 친구보다 1명의 적이 더 버겁다고.

세상 모든 사람이 어떻게 다 내 편일 수 있겠어? 아군이 있으면 반대편도 분명히 있는 거야. 모두가 나를 다 좋아하기를 바라면 삶이 피곤해지고 마음이 무거워져. 나를 좋아하는 사람이 있으면 그 반대쪽도 있다고 생각하면 훨씬 홀가분해질 거야.

물론 무조건 나를 반대하고 적대시하는 사람이 있으면 화가 나지. 소리 높여 내 정당성을 주장하고 왜 나를 미워하느냐고 따지고 싶지. 그러나 그건 진짜 조심해야 하는 행동이야. 그런다고 달라질 건 아무것도 없거든.

축구 황제 펠레가 쓴 자서전 《펠레: 나의 인생과 아름다운 게임》에 이런 글이 나와.

> 그라운드에는 두 팀이 있다. 그래서 팬도 두 종류가 있다. 한쪽 팬이 즐거우면 상대쪽 팬은 화가 나는 법이다. 그중 한쪽은 언제나 네게 나쁜 소리를 하게 되어 있다. 거기에 익숙해져야 하는 거다. 그라운드에서 화를 내면 게임을 망친다는 사실을 명심해라.

성공이나 행복의 기준을 타인에게서 찾으면 타인을 미워하게 돼. 왜 인정해주지 않는지, 나한테 유독 왜 까칠하게 구는지 분노가 치밀어 오를 테니까. 그런데 생각해봐. 성공이란 뭘까? 타인에게 인정받는 것일까? 타인이 나한테 잘해주는 게 성공일까? 행복이 내 마음 안에 있는 것처럼 성공 역시 우리 마음 안에서 일어나는 현상이야.

물론 내가 어떤 일을 이루어냈을 때 다른 사람이 쳐주는 박수도 중요하지. 그러나 내가 나에게 보내는 박수의 맛에 비교될 수는 없을 거야. 성공의 달콤함은 그렇게 내가 내 안에서 느껴야 가치가 있는 거란다. 어떤 일을 해냈는데 박수 소리가 들리지 않는다고 해도, 나를 알아주는 사람도 없고 대단한 일을 했다고 칭송해주는 사람이 없다고 해도, 스스로 그 일에 만족한다면 그것은 성공한 거야.

그러니 굳이 남에게서 내 가치를 찾을 거 없어. 나를 행복하게 해주지 않는다고 따질 것도 없어. 중요한 것은 나 자신. 나 스스로 "참 잘했다!"고 어깨 두드릴 수 있다면, 이 일을 하는 것이 참 행복하다고 웃을 수 있다면 이미 성공을 이룬 거라고 생각해.

나부터 나를 인정해주자. 나부터 나를 사랑해주자. 너도 알잖아. 넌 참 멋진 구석이 많다는 거. 그럼 된 거야.

" 너무 화가 날 땐

어떻게 해야 해요? "

🔹 난 세상에서 제일 무서운 사람 중의 하나가 화를 잘 내는 사람이야. 언제 화를 낼지 모르기 때문에 언제나 조마조마해. 예측할 수 없는 사람이 제일 무서워. 언제 폭발할지 모르는 사람 말야. 좀처럼 화를 내지 않던 사람도 어쩌다 한 번 화내는 모습을 보면 가슴이 덜컥 내려앉는단다. 온화의 역습이랄까. 웬만해서는 화를 내지 않던 사람이라 더 놀라게 되지.

누구나 감정을 억제하기 힘들 때가 있어. 나도 어떤 일이든 그냥 넘어가는 편인데 엄마가 살아계실 때 엄마를 힘들게 하는 사람에 대해서는 참지 못했어. 엄마를 괴롭히는 사람에게 욕을 퍼부은 적이 있거든. 아버지가 돌아가시고 혼자 남은, 여리디 여린 엄마를 괴롭히는 자는 용서하기가 힘들고 차단하고 싶은 마음이었어.

선하고 여린 울 엄마. 행복하기만 하면 좋겠는데 그런 엄마를 괴롭히는 사람을 보면 참지 못하고 화를 내게 된다는 것을 나도 그때 알았어. "너 우리 엄마에게 함부로만 해봐. 나한테 혼날 줄 알아. 나를 물로 보나 본데 나 가만히 있지 않을 거야!" 이런 말들을 그때 했던 거 같은데 지금 생각해도 내 얼굴이 토마토처럼 붉어지는구나.

화를 내고 나면 그 화가 지당한 것이었다고 해도 기분이 별로 좋지 않단다. 그 화가 상대에게도 가지만 화의 여진이 나에게도 돌아온다는 것을 깨달았어. 화를 내고 나면 그 상태로 내 안에 있던 '분'들이 작게 여기저기 바스러지며 내 마음에도 전해오게 돼 있어.

수양자이자 작가인 틱낫한 스님에 의하면 '화'는 우는 아기 같다고 해. 뭔가 불편하고 고통스러워서 운다는 거야. 엄마의 품에 안기고 싶어 하는 아기 같다는 거지. 그래서 화를 안아주라고 해. 화를 품에 안은 채 의식적으로 숨을 들이쉬고 내쉬기만 해도 화는 곧 편안함을 느낀대.

엄마를 힘들게 한다고 내가 화냈던 그 사람도 지금 생각
하면 한 인간으로서 안됐다는 생각이 들긴 해. 그 사람이
살아온 역사를 생각해보면 탐심(貪心)을 생존으로 여길
만도 하니 말야. 한쪽 면만 바라보면 용서할 수 없는 인
간도, 인간의 속성과 본성, 환경 등 복합적으로 생각하면
이해되고 연민마저 느끼게 되는 것을.

영화 〈해피 홀리데이〉에서 '엄마 아빠 거짓말만 하니까
화가 난다'는 손주의 말에 할아버지가 이런 말을 해. "그
사람의 천성에 화를 내는 건 소용이 없더구나." 특히 가
족끼리 화를 낼 때 우리는 바로 그 천성에 화를 내는 경
우가 많아. 영화 속에서 할아버지가 한 말 중에 또 메모
한 대사가 있었어. 지구에 사는 모든 사람들은 하나같이
바보들이라 편견을 가지고 화내지 말고 누군가와 싸우
지 말라는 거였지. 가족들의 흠을 생각하지 말라고. 사람

은 모두 다 모자라다고 말해주는 그 할아버지. 여운이 길었다.

아들아, 누군가가 너를 화나게 한다면 이걸 생각하렴. 인간은 장점 5개, 단점 5개가 있는 존재라는 것. 주위의 누군가가 안 좋은 점을 보이면 '아, 이게 이 사람의 단점이구나'라고 생각해봐.

화를 참지 못하겠으면 그땐 몸을 움직여. 걷는 것만으로도 마음이 풀림을 느낄 거야. 그래도 진정이 안 되면 격하게 뛰어보렴. 땀이란 참 신비한 거야. 분노까지 땀이 씻어내리거든. 움직이기조차 싫다면 그땐 예능 프로를 몇 개 보기 바란다. 예능 프로그램 중에서도 철없는 어르신들이 나오는 예능을 강추한다. 나이 들어도 저렇게 철없이 사는구나 싶어서 내 안에 활활 타오르던 화의 불길이 어느새 꺼져 있다는 것을 알게 될 거야.

자유롭지 못한 공간과 시간 속에 있을 때 화가 난다면 그 땐 정말 실수하기 쉽거든. 호흡을 크게 하고 히딩크가 예 전에 그랬던 것처럼, 입을 닫고 창가로 가서 30초만 있 어보렴. 거기서 1부터 30까지 외국어로 세어보는 것도 좋은 방법이야.

" 어느 날 몸에 신호가 오면
어떻게 해야 할까요? "

🥄 엄마 나이 오십이 되던 해, 엄마에게 어떤 질병이 찾아왔어. 자다가 너무 가려워서 눈이 떠진 거야. 두피에서 등까지 온몸이 가렵더구나. 바로 피부과로 가서 처방을 받고 주사 맞고 약을 며칠 먹으니 거짓말처럼 싹 나았어. 그런데 열흘쯤 지나자 다시 가렵고 견딜 수가 없더구나. 낮엔 좀 괜찮다가도 어둠이 내리기 시작하면 가려워서 견딜 수가 없었어. 다시 병원에 가서 처방받고 그러면 또 반짝 낫고… 그게 계속 반복됐어.

분석에 들어갔어. 잦은 염색 탓인가 해서 염색을 끊었어. 그런데도 계속 반복되는 거야. 그때부터 수소문해서 피부에 안 좋은 것들을 한꺼번에 바꿔보았어. 세제를 바꿔보라고 해서 집 안에 있는 주방세제부터 세탁세제까지 싹 바꿨고, 먹는 것에 따라 몸이 반응한다고 하길래 고기와 패스트푸드를 끊어보았어. 그동안 고기가 없는 식탁은 식사도 아니라고 생각해왔거든. 또 어릴 때부터 쉬지 않고 매일 먹어온 과자도 마음에 걸렸어. 50년간 매일 먹어온 고기와 과자가 역습을 가한 거 같았어.

일단 공장에서 뚝딱뚝딱 만들어지는 음식들은 잠시 끊기로 하고 고기와 과자를 3개월간 끊었어. 디저트나 빵은 발효를 오래 한 통밀빵 위주로 먹었어. 네가 그때 그랬지. "엄만 왜 맛없는 빵만 사오세요? 빵 하면 생각나는 맛있는 빵들 좀 드시지." 그때 난 웃으며 "난 이젠 이 빵이 맛있어졌어"라고 대답했지만 내심 이런 사정들이 있었단다. "피부가 안 좋아지니 너도 이제 그런 빵이나 인스턴트 먹지 말고 빵 먹으려면 이런 빵 먹어야 해"라고 했다면 넌 마음으로 귀를 막았을 거야. 그래서 말하려다 입을 다물어버렸어.

암튼, 그 어떤 것에도 반복되던 질환이 식생활을 바꾸자 신기한 일이 벌어지기 시작했어. 물렁거리던 두피가 단단하고 건강해졌고, 언제 가려웠냐는 듯 등은 긁은 자국들도 옅어져가고 더 이상 가려움 걱정을 안 하게 되었어. 그때 정말 놀랐어. 먹는 것이 이렇게 중요한 거였어? 피부는 보여서 알 수 있는데 안 보이는 장기들은 또 어떨까.

네가 지금은 젊으니까 건강 염려를 안 하겠지만 세월이 흐르고 네가 노년이 되어 질병이 찾아왔을 때 아들아, 꼭 명심하렴. 치료 후에 아무리 의사가 "이제 뭐든 다 드셔도 됩니다"라고 해도 그 어떤 것이든 다 먹어도 되는 게 아니라고. 그동안 절제해야 했던 그 힘들었던 기간의 보상으로 덕담해주셨다고 생각하고 그 말을 곧이곧대로 따르지는 말기 바란다.

작가 중에 내가 아주 많이 좋아하고 존경하는 작가가 있거든. 그가 쓴 작품도 좋아하지만, 개인적으로 인품이 훌륭한 매력적인 분. 그런데 그가 어느 날 암 수술을 하게 되었어! 몸이 얼마나 아픈지, 특히 발이 너무나 아파서 가만히 있을 수가 없었대. 불구덩이에 발을 담그고 있는 것 같더래. 타는 듯 아파서 그 아픔으로 가만히 서 있거나 앉아 있을 수 없어서 마구 뛰듯이 걸어야 했다는 거야. 수술하고 나올 때 의사가 "뭐든 다 드셔도 됩니다"라고 했지만 개인적으로 알아보니 아무거나 먹은 사람들은 다 재발했더래 어김없이. 단, 식생활을 잘한 사람은 재발을 거의 안 했더라는 거야. 그래서 퇴원 후 바로 식생활을 새롭게 하기 시작했대.

일단 쌀밥과 설탕과 밀가루. 이 세 가지 하얀색과 커피를 금했대. 커피 마시고 싶을 땐 끓여서 딱 한 모금만 마시고 남은 건 아까워 말고 버렸대. 커피 분위기만 맡은 거지. 일어나자마자 해독주스를 만들어 마셨는데 일주일에 한 번 만들어서 병에 담았다가 매일 아침 200밀리씩 마신대.

빨간 파프리카가 암을 예방한다고 해서 파프리카를 반

개씩 잘라 살짝 데쳐서 간식으로 먹고, 밥은 현미밥으로 먹는대. 작품 회의 때문에 나가서 먹어야 할 때도 현미밥을 싸가서 먹었대.

오랜만에 만난 그녀. 피부도 우윳빛깔이 되고 너무나 좋아진 거야. 회복된 것도 고마운데 예뻐지기까지 해서 정말 너무나 고마워서 눈물이 나더구나.

얘기한 김에 또 어떤 분이 직접 겪은 얘기도 전할게. 있는 그대로의 얘기니까 이것까지 꼭 들어줘. 암 말기 선고를 받고 설마 해서 다른 병원에 가서 검진했는데 또 같은 결과가 나온 거야. 70대에 수술 받다가는 병원에서 남은 나날들을 보내야 할 거 같아서 부인에게 얘기했대. "나 젊은 시절에 살았던 하와이에 가서 몇 달 살아보고 싶어."

그렇게 해서 있는 돈을 다 모아서 하와이에 간 그분. 매일매일 산책했대. 암 환자에게 좋은 건강식으로 먹고 산책로를 걷고 또 걸었대. 그 여유가 너무 좋아서 계속 그곳에서 살다 보니 몇 년이 흘렀는데 어느 날 문득 몸이 좋아진 거 같아서 검사했더니 병이 나았더라는 거야. 서울에 다시 와서 검사했더니 역시 완쾌됐다고 하더래. 기적이 일어난 거지. 그분이 그러더구나. "걷는 게 기적을 만들더라구요." 발바닥에 기적의 신비가 있다는 것을 듣기는 했어도 내 주위에서 체험하니 소름이 쫙 돋았어.

아들, 언젠가 그날이 오면 걷기와 식생활. 잊지 마. 그 전에도 걷기와 음식, 미리미리 잊지 말아줘. 넌 과일을 잘 안 먹는데 어떤 훌륭한 학자가 한 말을 그대로 옮길게. "식전 과일은 소화 시간을 반으로 줄여주고 섹스 전 과일은 시간을 두 배로 늘려준다." 세계에서 과일이 가장 맛있는 나라가 우리나라야. 과일이 맛있는 나라에 사는 특권을 누리렴. 아무쪼록 '잘' 먹고 '잘' 걸으며 웰빙의 삶을, 장수를 누리렴.

" 탈모가 시작되면

어떻게 해요? "

🍃 인생을 살면서 덜컥 할 때가 있어. 멘탈 빗장이 통째로 흔들리는 느낌이랄까. 그중 하나가 바로 탈모가 올 때라고 해. 머리를 감는데 수챗구멍에 내 머리카락이 그득하다든가 베개에 빠진 머리카락이 수북해 있을 때, 혹은 무심코 찍힌 사진에서 내 정수리가 하얗게 비어 보일 때 가슴이 덜컥 내려앉는다. 부모님이 탈모일 경우 절망감이 급습할 거야. 그 유전자가 드디어 나에게 발현되는구나 하는 암담함에 막막해져.

DNA를 '도무지(D), 난(N), 안 돼(A)'의 준말이라고 우스개 섞인 개탄도 하곤 해. 하지만 유전자란, 늘 발현되는 게 아니라 자신이 그것을 켜야 발현이 된다는 것을 엄마는 느낀다. 특히 탈모 유전자는 나에게 배달돼 있지만 그 스위치를 켜느냐 마느냐, 그것에 따라서 유전자가 발현될 수도 있고 안 될 수도 있는 거야.

국내 탈모 치료의 권위자인 방기호 원장님이 강조하시는 말이 바로 그거야. "유전 탓하지 말고 그 유전자 스위치를 켜지 마세요. '유전성이 있다'와 '유전이 된다'는 것은 다릅니다. 유전성이 있어도 유전이 안 되게 할 수 있습니다. 유전자에는 스위치가 있습니다. 스위치를 켜면 유전자가 작동하고 스위치를 끄면 유전자가 작동하지 않습니다." 방 원장님은 내과 의사지만 탈모를 치료하기 위해서 온몸을 통합적으로 연구하시는 분이거든.

언젠가 내가 두피가 좋지 않아서 여기저기 병원에 다녔는데 처방해준 스테로이드 약으로는 자꾸만 반복됨을 느끼고 방 원장님 병원에 찾아갔을 때, 약을 주는 대신 설교를 하셨어. 우선, 단짜기(달고 짜고 기름진)를 뺀 식생활과 머리 감기를 제대로 해보라는 권고였어. 그분이 시키는 대로 꾸준히 아침저녁으로 꼭 머리를 감고, 기름진 동물성 식생활을 담백한 식물성 식생활로 바꿔가자 기적처럼 내 두피가 나았어. 그 후 방 원장님 글을 다 읽었더니 확실히 엄마 두피 건강에 도움을 받을 수 있었어.

아들아, 지금이야 네 머리가 수북하지만 혹시 언젠가 탈모 걱정이 된다면 이걸 절대로 잊지 마. 우선 네 손에서 탈모 스위치를 끄는 일부터 시작하는 것을. 일단 고기를 절제하고 채식을 하고 패스트푸드와 절연하는 거야. 밥도 쌀밥보다 현미밥에 조와 수수를 조금씩만 섞어서 만들어 먹어봐. 히포크라테스가 한 말 중에 이런 말이 있대. '음식으로 못 고치는 병은 약으로도 못 고친다.' 발모의 기본은 식이요법이라는 말을 나는 믿는다.

동물성 식품을 과다하게 먹는 것은 두피에 안 좋은 거 같아. 단백질 섭취가 적은 그룹들을 보면 머리숱이 수북한데 오히려 잘 먹고 사는 사람들을 보면 탈모인들이 더 많게 느껴지는 것은 왜일까. 탈모 치료의 기본은 식사니까 콜레스테롤이 많은 음식을 피하고 대신 현미, 채식 위주의 식사를 하고 잠을 충분히 자면 머리카락은 저절로 회복되기 시작할 거야.

그리고 비듬이 생기거나 머리에 기름이 끼는 걸 느낄 때 아침저녁으로 머리를 감아보렴. 자주 감으면 머리가 덜 빠지더구나. 탈모와 함께 비듬이 많이 생기면 병원에 가서 두피 원인균부터 진단받아야겠지만 초기엔 일단 자주 감는 것으로 시작해봐. 샴푸법도 중요해. 일단 두피를 충분히 적셔주렴. 두피까지 물로 씻어낸다고 생각하고 충분히 적시고 나서 샴푸를 하렴. 두피를 마사지하듯 샴푸하고 그다음 헹구기. 엄마는 아침 샴푸를 3분으로 잡으면 1분은 두피 적시고, 1분은 샴푸하고, 1분은 헹군단다. 평소엔 하루 한 번 감고, 두피가 기름지거나 각질 신호가 오면 바로 아침저녁으로 꼭 2회 감는단다. 내 건강한 두피의 비결이랄까.

탈모는 두피 상태뿐 아니라 식습관과 생활습관, 운동, 호르몬 등 한 사람이 겪는 모든 요소에 영향을 받는다고 해. 뇌와 몸이 자연과의 밸런스를 이루면 머리카락은 반드시 회복될 수 있으니까 탈모 유전자를 갖고 있어도 유전자 스위치를 켜지 않으면 탈모를 막을 수 있다는 거 잊지 마.

그리고 만약 탈모가 온다면, 그땐 당당하기 바란다. 탈모된 머리를 보이기 싫으면 가발을 쓰면 되거든. 엄마도 멋내기용 가발을 써봤는데 가발을 쓰면 세상이 즐거워져. 색다른 나를 가발이 만들어주거든. 자신의 머리카락만으로는 재미있는 인생을 만들 수가 없어. 그러니 탈모가 와서 가발을 쓴다고 해도 가발을 행복하게 대하렴. 팝송가수 돌리 파튼도 이런 말을 했어. "가발은 인생을 풍요롭게 해준다"고.

" 불면의 밤에 꿀잠 이루려면
　　　　　　　어떻게 해야 해요? "

🍃 수능이 있기 며칠 전, 친한 지인에게서 전화가 왔어. "우리 딸 어쩌냐? 수능 긴장이 엄청나. 전날 또 잠 설칠까 봐 걱정이 태산이야." 그 지인의 딸은 지난해에도 수능 전날 잠을 설쳐서 시험을 망쳤다고 해. 그 얘기를 들으니 엄마의 오지랖이 발동했어. 엄마가 또 수면엔 일가견이 있잖아. 외할머니가 숙면을 잘 취하지 못해 고생 많이 하셔서 그 방면의 전문가가 되었다고 할까. 그래서 지인에게 딸 바꿔 달래서 통화를 했어. "아줌마 말 믿지? 내 말대로 해봐." 그렇게 해준 조언대로 했고, 수능이 끝난 뒤 지인으로부터 감사 전화를 받았어. "우리 딸이 너 시키는 대로 했더니 아주 잘 잤대. 고마워. 시험도 잘 봤어."

그날 내가 한 말은 이거였어. "잠이 안 와도 자야겠다고 생각한 시간에 불을 다 끄고 깜깜하게 해서 그냥 누워 있어. 잠 안 들어도 돼. 그냥 누워서 쉬는 것도 피곤이 풀리거든. 그리고 만약 잠을 설치더라도 넌 젊잖아. 하룻밤 정도 안 잔다고 해도 수능 끝나고 푹 자면 되니까 잠 안 잤다고 걱정하지 말고 시험에 집중해. 알았지? 그리고 잊지 마. 밤에 뜨거운 물에 20분만 몸을 담그고 편히 휴식하고, 그리고 불 끄고 잠자리에 들어. 다시 말하지만 잠이 안 와도 그냥 불 끄고 누워 있어. 그게 휴식이 되니까."

그날 그 아이는 내가 하라는 대로 했대. 그런데 어느 순간 잠이 들어 있더래. 잘 자고 새벽에 깨서 기분 좋게 시험 보러 갈 수 있었대. 꼭 자야 한다는 압박감을 지우고 잠 안 자도 젊으니까 하루 정도는 괜찮다는 생각으로 그야말로 몸을 쉬게 한다는 느낌으로 누워 있었더니 어느 순간 잠들어 있더란다.

이렇게 잠시 누워 있으면 설령 잠이 안 든다 해도 확실히 몸의 피로가 풀린단다. 나는 낮에도 너무 피곤할 때는 암막 커튼을 치고, 아니면 안대를 하고 안대 위에 손수건을 한 번 더 덮고 잠시 쉬곤 해. 잠이 안 들어도 그렇게 누워 있으면 피곤이 풀려. 그러다 잠들면 더 좋은 일이고. 물론 낮잠은 20분 이상은 금물이야. 밤에 본격적인 잠을 위해서 낮잠은 아주 잠시만 눈 붙이고 일어나는 게 좋아. 엄마는 워낙 향기를 좋아하니까 유스트나 밀키하우스 등 아로마 제품을 곁에 두고 사는 편이야. 밤에 유칼립투스 라벤더 오일 몇 방울을 침구에 뿌리고 자면 은은한 향이 나서 잠이 더 잘 오는 거 같아.

언젠가 너에게 불면의 밤이 찾아온다면, 그 불면증이 심각하다면 이불을 걷어차고 무조건 걸어야 해. 러닝머신도 괜찮아. 발바닥이 고단해야 잠이 오거든. 땅에 발을 디디고 척추동물로서의 자세에 충실하게 걷기를 하면 대뇌에 전달이 돼서 잠이 잘 오게 돼 있대. 외할아버지도 그런 말씀을 하셨어. "울적하니? 걸어라. 울고 싶니? 걸어라. 싸우고 싶니? 걸어라. 오래 살고 싶니? 걸어라. 잠이 안 오니? 그럼 더 걸어라. 걷고 또 걸어라."

많이 걷고 뜨끈한 물로 씻고 잠들기. 그래도 잠이 안 오면 바나나 따끈한 우유, 캐모마일 같은 허브차를 마셔 보렴. 모든 걱정 고민 상념 다 로그아웃 하고 스르르르 잠이 들렴. 자는 동안 멜라토닌이 마구 분비돼서 낮에 소비한 에너지들을 채워줄 거야.

" 체력을 키우려면
어떻게 해야 될까요? "

평소에 내가 항상 강조하는 게 있어. 3관이 중요하다고. 관계, 관점, 그리고 관절. 특히 관절은 그야말로 체력을 뜻하는 말이야. 매력과 실력, 체력, 이 3력 중에서 체력이 가장 중요하다는 거 알지? 체력이 있어야 매력도 실력도 가능한 거야. 방송일 하면서 체력이 안 돼 픽픽 쓰러지는 사람들 많이 봤어. 아침에 방송하러 오다가 실려 가는 사람도 봤고 주말에 쓰러져서 입원했다가 결국 일을 그만둔 후배도 봤어.

체력을 키우려면 일단, 자기 몸을 방치하면 안 되는 거 알지? 체력은, 포도당 저장 창고가 있는 허벅지 근육에서 나온다는 걸 기억해줘. 지금이야 젊어서 다 가능하다고 생각하겠지만 나이가 들면서 체력이 감퇴하면 허벅지 근육은 계속 줄어들거든. 에너지 창고에 노란 불이 켜지다가 빨간 불이 켜지고 체력 감퇴가 결국 정력 감퇴까지 불러일으킬 수 있대.

허벅지 근육을 키우기 위해서 꾸준히 운동해야 해. 앉았다 일어섰다 하는 스쿼트 운동을 시작하렴. 아이돌 소속회사에서는 계속 움직여야 하는 고된 일정을 소화할 수 있게 아침 식사는 걸러도 스쿼트는 시키고 내보낸다는 말을 들었어. 그래야 하루를 버틸 힘이 있고, 격한 춤을 추고도 견딘다는 거지.

스쿼트 외에도 팔굽혀펴기, 턱걸이, 윗몸 일으키기도 최고의 운동이야. 그중에서도 보디빌더들이 꼽는 운동의 제왕이 바로 스쿼트야. 엄마가 '3보 행차'라고 세 걸음 걸으면 바로 차에 탄다고 놀림받지만 그래도 꾸준히 스쿼트 하고 틈만 나면 여의도공원 한 바퀴 돌고 오는 것, 그것으로 그래도 매일매일의 일들을 해낼 수 있었어. 체력을 다지지 않으면 정말 한 방에 훅 갈 수 있어.

언젠가가 아니라 바로 지금! 무엇보다 체력 단련은 놓치지 말아야 해. 수입의 일정 부분을 운동에 떼어놓는 것도 좋아. 전 세계에서 가장 바쁜 일과를 보내는 사람들을 보면 공통적으로 24시간 중의 1시간은 운동 시간으로 빼놓는 것을 알 수 있어. 그 바쁜 사람들이 왜 그 귀한 1시간을 할애할까. 운동을 해야 나머지 23시간이 더 탄력을 받고 버틸 수 있기 때문이야.

아, 다이어트도 평생 함께 가야 하는 동지야. 숨 쉬고 살듯이 다이어트도 늘 곁에 두기. 왜냐하면 건강과 직결되기 때문이지. 다이어트는 수학이요, 과학이라는 거 잊지 말자. 칼로리가 얼마나 들어갔는지(인풋), 칼로리를 얼마나 썼는지(아웃풋), 그 계산만 하면 돼. 먹는 것보다 많이 배출해야 몸에 축적되는 게 없다는 것 잊지 말고. 이건 나에게도 하는 말이기도 해.

자기 몸을 단련시키는 건 건강뿐 아니라 인생을 좌우한 다는 거. 우리 잊지 말고 즐겁게 잘해나가자.

" 행복해지려면

어떻게 해야 할까요? "

앞으로 너는 점점 더 바빠지겠지. 앞을 바라보며 계속 달려가게 될 거야. 성공도 좋지만 나는 네가 행복했으면 좋겠어. 바쁠수록 황폐해지는 게 아니라 순간순간, 일상의 기쁨을 찾아 누려서 바빠도 행복한 사람이었으면 좋겠어.

네가 이 책이 좋다고 '명예의 전당'에까지 올려두었던 책 기억나? 톰 슐만의 장편 소설 《죽은 시인의 사회》 말이야. 거기에 이런 유명한 구절이 나오지.

시간이 있을 때 장미 봉오리를 거둬라, 이 감정의 라틴어 표현은 '카르페 디엠'이다. 현재를 즐겨라. 시간이 있을 때 장미 봉오리를 거둬라. 시인은 왜 이런 말을 하지? 그건… 인간은 반드시 죽기 때문이지. 언젠간 호흡이 멈춰지는 순간이 오기 때문이지.

이 소설의 주인공인 존 키팅 선생은 월트 휘트먼의 시를 학생들에게 낭송해.

이 어디에 아름다움이 있단 말인가? 오 나여, 오 생명 이여! 대답은 하나. 내가 여기에 존재한다는 것, 살아 있다는 것!

그러면서 '카르페 디엠!', 현재를 즐기라고 말하지. 사실 행복의 비법은 너도 나도 그리고 모든 사람들이 다 알고 있어. 현재를 즐기는 것이 그 방법임을 모르지 않아. 그 런데도 행복을 느끼지 못하는 거야.

나도 그렇단다. 어린 시절에는 아이스크림 하나만 손에 들면 백만장자가 안 부러웠지. 풍선 하나만 불어도 환하 게 웃으며 즐거울 수 있었고, 알사탕 하나 볼에 가득 물 고 있으면 온 세상이 다 내꺼다 싶었어. 어린 시절에는 어머니 등에 업혀 걸으면 공주처럼 행복했어.

어린 시절보다 어른인 지금이 사는 건 분명히 풍요로워졌어. 그런데 왜 예전처럼 행복하지 않은 걸까? 왜 늘 부족하고 불만에 차 있는 걸까? 일상의 행복을 누리지 못하는 데서 오는 불만과 결핍, 그 쓸쓸함이 마음을 장악하는 거야.

네 외할아버지, 그러니까 엄마의 아버지는 언제나 일상의 행복을 찾아 누리셨어. 맛있는 커피 맛을 내는 커피숍을 찾아가 그 테라스에 앉아 커피를 음미하곤 하셨지. 친구와 함께 두는 오후의 바둑이 최고 행복하다고 하셨고 산책길에서 나무 하나하나에 눈길을 주셨어. 바닷가에 있는 돌멩이를 가져다가 화분에 장식하실 때의 그 행복한 표정을 잊을 수 없어.

풍류를 즐기고 생활의 멋을 찾는 데 그리 많은 돈이 필요한 건 아닐 거야. 시간도 생각보다 많이 필요치 않아. 잠깐 동안의 산책, 짧은 시간의 티타임, 빠져들 만한 취미

하나… 인생을 즐겁게 하는 요소들은 알고 보면 많단다.

지금 이 순간이 장미 봉오리야. 이 시간이 흐르면 장미는 시들지도 몰라. 그러니 바삐 사는 순간순간에도 그 작은 틈 사이사이 존재하는 행복의 요소를 찾아 누리렴.

카르페 디엠!

PART 3.

애티튜드

멋진 사회인이 되는 법

> " 약속 시간을 잘 지키려면
>   어떻게 해야 할까요? "

 언젠가 네가 그랬지. 약속 시간만큼은 잘 지키는 사람이 되고 싶은데 자꾸 늦게 된다고. 시간 약속을 잘 어기는 것이 이미지가 되어버릴까 봐 걱정된다고. 우선 그런 두려움을 갖게 된 마음을 칭찬해. 약속을 잘 지키고 싶어 하는 마음도 칭찬해. 약속 시간을 잘 지키는 것도 습관이고 약속 시간을 잘 어기는 것도 습관이야. 결국 어떤 습관을 지니는가의 문제 같아.

'개선으로부터 몰락까지의 거리는 단 한걸음에 지나지 않는다. 나는 사소한 일이 가장 큰일을 결정짓는 걸 보았다.' 나폴레옹의 어록에 나온 말이야. 위대한 일과 사소한 일, 이 두 가지 일 사이에 굉장한 차이가 있는 것처럼 보이잖아. 하지만 그렇지가 않아. 아주 사소하다고 생각하는 일이 치명적인 실패의 요소가 되기도 하거든.

예를 들어볼게. 오랫동안 잘 지내온 동료에게 아무렇지도 않게 던진 한마디의 충고가 둘 사이를 멀어지게 해. 술 마시고 난 후 한 번의 치기가 걷잡을 수 없는 결과를 불러오기도 하고, 잘 웃지 않는 표정, 인사를 하지 않는 습관이 좋은 기회를 놓치게도 해.

조금씩 지각하는 습관도 굉장히 안 좋은 이미지를 남기는 게 사실이야. 일을 아무리 잘해도 불성실한 사람으로 낙인찍히게 하거든. 특히 시간 약속을 잘 어기는 습관은 사회생활에 치명적이지 싶어. 상대와 만나기로 해놓고 약 30분을 늦는다고 쳐. 상대가 기다리는 그 30분은 하찮은 시간일까? 내가 약속 시간에 늦는 그 시간은, 상대방이 나를 기다리느라 아무것도 할 수 없는 시간이야. 그 어떤 것을 해도 나를 기다리느라 머리에 잘 들어오지 않을 거고, 차를 마셔도 나를 기다리느라 맛을 느끼지 못할 것이거든. 그러므로 내가 늦는 그 시간 동안 상대방의 시간은 쓸데없는 시간, 그러니까 죽은 시간이 되어버리는 거야. 나는 그의 시간을 훔친 시간도둑이 되고 마는 거지.

약속 시간보다 일찍 준비하면 약속 장소에 가는 동안 마음도 편안하단다. 그러니 몸에 있는 장기들이 다 편안하지. 하지만 늦으면 약속 장소로 가는 동안 마음이 불안하고 심장이 오그라드는 것 같고 간이 졸아드는 것 같을 거야. 그러니 약속 시간에 늦지 않는 것은 내 몸에도 아주 좋은 거야.

그렇다면 시간 약속을 잘 지키는 비법은 뭘까? 만일 12시에 약속하면 11시 30분으로 메모해두는 거야. 그리고 아예 11시 30분이 약속 시간이라고 여겨버리는 거야. 만일 차를 가지고 갈 거면 우선 내비게이션에 장소를 미리 입력해보는 게 좋아. 그곳까지 1시간 걸린다고 나오면 1시간 30분이 걸린다고 생각해. 교통 상황이 어떻게 될지 모르거든. 모든 게 순조로워서 30분 먼저 도착하면 더 좋지. 30분의 여유 시간이 생기는 거잖아. 상대가 오기까지의 30분이라는 시간은 정말 행복한 시간이야. 업무로 만나는 사람이건 친구이건 그와 만나 나눌 이야기를 준비할 수 있거든.

대신에 주의할 점, 먼저 와 있다고 상대에게 문자 보내는 것 금지. 마음이 급해지거든. 30분 먼저 와 있는 것도 상대의 입장에서 보면 약속 시간을 어긴 거야. 정시를 조금 넘어 도착한 상대방이 미안해 하며 "먼저 와 계셨네요?" 하면 "저도 방금 왔어요"하며 상대 마음을 편안하게 해주는 센스를 발휘해봐.

언제나 먼저 나와 기다리는 사람, 시간 약속을 칼같이 지키는 사람, 참 멋진 그 사람이 너이기를 바란다.

" 인사는 어떤 때,
어떻게 하는 게 좋아요? "

● 주변에 평판 좋은 사람들, 인기 좋은 사람들을 보면 공통점이 하나 있어. 인사성이 밝다는 것. 인사를 잘하는 것은 굉장히 좋은 습관이야. 인사 하나만 잘해도 '인상 좋다'는 말을 듣고 인정을 받게 된단다. 우리나라에서는 허리를 굽혀 인사를 하잖아. 상대보다 나를 낮추겠다는 공경의 의미이며 겸손의 표현인 거지. 인사를 잘한다는 것은 그만큼 겸손하며 마음이 따뜻하다는 증거야.

인사에도 종류가 있어. 먼저, 가볍게 하는 인사인 '목례'가 있어. 통화하고 있는 중이거나 바쁜 일을 하던 중에 누구와 마주칠 때, 양손에 무거운 짐을 들고 있을 때, 모르는 사람과 마주치거나 하루 두 번 이상 마주칠 때는 가볍게 목례를 하면 되겠지. 일반적으로 우리가 하는 인사는 '보통례'라고 하는데 주로 이 인사를 가장 많이 하지. 만나거나 헤어질 때, 누구에게든 하는 인사가 이 인사야.

정중하게 인사를 해야 하는 '정중례'도 있는데 집안 어른이나 윗사람, 결혼식 같은 데서 하는 인사를 말해. 공식적인 자리에서 처음 인사할 때, 면접할 때 면접관에게 인사할 때, 고객에게 감사나 사과의 인사를 할 때도 정중하게 인사를 해야 해.

인사할 때도 주의 사항이 있는데 윗사람보다 높이 있을 때, 예를 들면 계단 위에 있을 때는 얼른 윗사람과 같은 계단으로 내려와서 인사하는 게 좋아. 인사할 때는 상대방의 눈을 보면서 따뜻하게 미소 지어줘. 영혼 없이 형식적으로만 하지 말고 마음을 담아서 인사하는 게 좋겠지. 하지만 인사에 무슨 조건이 필요하겠어? 환한 미소와 밝은 목소리, 고마운 마음이면 인사의 조건 100퍼센트 충족!

다만, 인사를 1초 먼저 하는 사람이었으면 해. 인사에도 타이밍이 있어. 상대방이 날 알아보면 그때 인사해야지 하면 이미 늦어. 그 사람보다 더 먼저 인사해봐. 이웃이든, 모르는 사람이든 웃으며 인사 잘하는 사람을 싫어할 사람은 이 세상에 없을 거야.

엘리베이터에서 모르는 사람을 만나더라도 "안녕하세요?"라고 인사를 건네봐. 그러면 거의 모든 사람이 표정이 환해지며 그 인사를 받아줄 거야. 인사를 건네지 않으면 그 사람도 굳은 표정 그대로 있다가 서로 엘리베이터에서 내려 다른 곳으로 걸어가버리지. 옷깃만 스쳐도 인연이라는데, 그렇게 되면 그 인연 하나가 허공에 스러져버리는 게 돼.

밝은 인사를 나누는 일은 그렇게 아주 작은 인연도 소중히 여기는 일이야. 한 직장이든 이웃이든 같은 엘리베이터를 이용하는 인연이라면, 얼마나 가깝고 특별한 인연이겠어. 그 사람이 누구든 웃으며 먼저 인사를 건네봐. "안녕하세요?" 하고.

짧은 시간이지만 할 말이 없을 때는 날씨 얘기 같은 것을 가볍게 건네보는 거야. 날씨는 누구에게나 공통 관심사니까. 그리고 내릴 때는 오늘 하루 잘 보내시라고 인사해봐. 그 후에 또 같은 곳에서 그 사람을 만나면 그때는 '모르는 타인'에서 '아는 지인'으로 바뀌게 돼. 가볍게 다가온 인연 하나를 소중히 여기니 기쁨의 공간이 조금 더 확장되는 거지.

인사도 습관이야. 일단 습관이 붙고 나면 별로 어렵지 않고, 생각보다 많은 사람들이 인사를 건네면 아주 기쁘게 받아준단다. 타인에게 좋은 기분을 선물하고, 내 마음의 따뜻한 기운을 전하는 인사. 언제나 먼저 인사를 건네는 사람, 인사성 밝은 사람이 되기를. 그러면 인사를 건네는 네 인생도 훈훈하고 환해질 거야.

> " 명함을 주고받을 땐
> 어떻게 하는 게 좋아요? "

🔹 너는 어느 선배가 그런 말을 해서 놀랐다고 했지. 거래처 사람이 명함 받는 태도가 불량해서 굉장히 기분이 상했다고. 명함을 받고 아무렇게나 구기는 사람을 보고 비즈니스를 접기로 했다고. 꼰대 같지만 기분 나쁜 건 어쩔 수 없다 했다고. 그 선배의 말을 듣고 네가 물었잖아. 명함 주고받는 데도 에티켓이 있느냐고.

너희 세대에서는 그런 것들이 다 헛된 격식이라고 생각할지도 몰라. 그런데 사회에 나가면 가장 먼저 명함 주고받는 일을 하게 돼. 처음 만나 명함을 서로 주고받는 그 순간! 이미 첫인상이 결정된단다. 한번 만들어진 첫인상은 잘 못 바꾸잖아. 명함 매너는 어쩌면 사회생활의 가장 기초인 거야.

꼭 직장인이 아니더라도 요즘은 자신을 알리는 명함을

개성 있게 만들어서 갖고 다니잖아. 상대방이 명함을 줬
는데 "전 명함이 없어서요" 하면서 주지 않는 것도 실례
가 될 수 있어. 그럴 때는 "제가 명함이 없는데, 연락처를
메모해서 드려도 될까요?"라고 하고 연락처를 건네거나
그 자리에서 휴대폰을 꺼내 "제 전화번호를 알려드려도
될까요?"하고 그가 준 명함에 쓰인 번호로 전화를 걸어
연락처를 건네는 것도 좋겠지. 반대 상황이면, 굳이 "연
락처를 적어주시겠어요?"하는 말은 먼저 안하는 게 좋
고. 알려줄 상황이 아닐 수도 있는 거니까.

명함은 명함 지갑에 깨끗이 넣고 다니는 게 좋은데 명함
지갑은 너무 요란하지 않고 무난한 색상이 좋아 보이더
라. 명함은 명함 지갑에서 깨끗한 것을 꺼내서 정중하게
두 손으로, 상대방이 읽을 수 있는 방향으로 건네는 게
좋아. 명함은 기본적으로 동시 교환이 원칙인데 왼손으
로는 상대방의 명함을 받고 오른손으로는 자신의 명함
을 전달해서 교환을 하는 거란다.

예전에 좀 황당한 일이 있었는데 상대방이 내게 건넨 명함이 본인 것이 아니라 다른 사람 것이더라고. 명함 지갑에 다른 이가 건넨 명함을 두었다가 그걸 꺼내 줬던 거였어. 곧 죄송하다고 했지만, 첫인상이 별로 좋지 않았어. 누굴 만날 때면 그런 실수가 없도록 미리 잘 준비해두는 게 좋아.

요즘은 상하관계를 대놓고 드러내진 않는 분위기지만 그래도 사회생활에서는 직급도 있고 나이도 있잖아. 명함도 아랫사람이 손윗사람에게 먼저 건네는 게 에티켓이야. 상대방이 두 명이라면, 직급이 높은 분에게 먼저 인사하며 명함을 드리고, 상사와 함께 있을 때는 상사가 먼저 건네고 나서 그 다음에 건네는 게 좋아.

그리고 명함에 뭔가 특이사항을 기록해두는 것은 좋지만 상대가 보는 앞에서 적는 것은 실례야. 메모는 나중에 하는 게 좋단다. 명함을 주고받은 후에 곧바로 명함 지갑에 집어넣는 것도 실례, 명함을 훑어보고 한두 마디 스몰 토크를 주고받으면 좋겠지. 사무실 위치나 로고 등을 언급해도 좋고 직급과 이름을 호칭하면서 잘 부탁한다고 말하는 것도 좋고.

그리고 외국인들과 명함을 주고받는 경우도 많잖아. 해외 출장도 있을 거고. 그럴 때는 미리 외국어로 번역된 명함을 준비해야겠지. 외국인의 이름을 발음할 때는 발음이 난해한 경우 이름을 어떻게 호명해야 할지 물어보는 게 좋아. 영어식으로 알아서 발음했다가 실례를 범할 수도 있거든.

명함을 주고받고 나면, 미팅이나 회의가 끝날 때까지 테이블 위에 명함 지갑과 함께 잘 놓았다가 다 끝나면 명함 지갑에 소중히 잘 넣으면 돼. 그리고 바로 헤어지게 될 경우에는 "명함 잘 간직하겠습니다"라고 인사하며 명함 지갑에 잘 넣으면 호감도 상승! 첫 미팅이 아주 성공적이게 돼. 첫 미팅을 마치고 돌아오면 상대의 인상착의나 특징, 미팅 날짜나 중요한 사항을 메모해놓고 휴대폰으로 잘 찍어서 명함 파일을 만들어두면 명함을 잊거나 보관이 잘 안 됐을 때 유용하단다.

직장의 지정 명함이 아니라 개인 명함이라면, 하고 있는 일이나 캐릭터를 개성 있게 표현하는 것도 좋겠지. 플로리스트 명함이 꽃다발 모양으로 되어 있다든가, 소믈리에 명함에 와인 얼룩 무늬가 디자인되어 있다든가, 영화 제작자의 영화 티켓 모양의 카드도 봤거든. 명함은 그렇게 자신을 상대에게 내보이는 첫 느낌, 첫인상이야.

물론 모든 사항을 철저히 지켜야 하는 건 아니야. 모든 매너는 마음에서 오는 거니까 진정성을 가지고 성의 있게 대하면 돼. 하지만 알아둬서 나쁠 건 없겠지? 명함 지갑에서 명함을 꺼내 상대와 시선을 맞추고 미소를 지으며 정중하게 건네는 네 모습, 상상만 해도 멋지다.

" 악수는 어떻게
하는 게 좋아요? "

🖥️ 어떤 유명인사가 주최하는 모임에 갔어. 그가 한 사람, 한 사람 악수를 하다가 나와 악수할 차례가 되었는데 내 손을 잡은 채로 눈은 다음 사람으로 가 있는 거야. 그동안 그분에게 지녔던 좋은 인상이 악수 하나로 다 사라져버린, 아픈 악수의 기억이었단다.

악수를 나누는 일, 참 기분 좋은 일이지. 앞으로 너는 얼마나 많은 사람과 악수를 하게 되겠니. 형식적인 악수든, 정말로 반갑게 손을 잡든, 그 순간 이미 상대에게 좋은 인상을 심어주는 사람이었으면 해. 모든 동작에는 그 사람 자체가 깃들어 있다고 봐. 동작 하나하나에 상대방에 대한 존중을 담길 바래.

악수에도 유래가 있는데, 원래는 손에 무기가 없다는 것을 확인하는 의미였다고 해. 로마 군인들은 사람을 보면 무조건 오른손을 들어 손에 무기가 없다는 것을 증명했다는 거야. 악수가 인사가 된 것은 19세기 유럽에서부터인데, 세계적으로 악수를 가장 잘 나누는 민족으로 독일인들을 따라갈 민족이 없다고 해. 그들은 만날 때는 물론이고 헤어질 때도 악수를 하고, 의견이 맞아도 악수하고, 슬퍼도 악수하고, 무슨 일을 함께 이뤘을 때도 악수를 해. 손아귀가 뻐근할 정도로 힘을 줘서 하는 악수는 기분이 좋다는 뜻이고, 그러고도 손을 맞잡고 한참 흔들면 친밀감이나 감동을 느낀다는 뜻이라고 해. 아주 강하게 손을 꼭 잡고 한참 그 손을 놓지 않을 경우에는 특별히 좋아한다는 증거였다는구나.

사랑과 존경의 악수도 있고 감동의 악수도 있고 슬픈 이별의 악수도 있지만, 그 어떤 뜻의 악수든 손을 잡고 악수를 나눈다는 건 서로의 마음을 나누는, 정감의 확인 작업이지. 악수에도 알아두면 좋은 에티켓이 있단다. 상대방이 악수를 청하면 일어서서 그 악수를 받는 것이 에티켓이야. 많은 사람과 악수할 때는 손에 힘을 빼고 하는 게 좋다고 하는데 내 경험으로는 상대의 손을 잡으면서 어느 정도 호감의 느낌을 손에 실어보는 게 기분이 좋더구나. 살짝 힘을 줬다 빼는 느낌이랄까. 손에 성의를 실은 것과 아무 느낌도 없이 손만 대는 것은 확연한 차이가 있어.

악수를 청할 때도 순서가 있는데, 여성이 남성에게 먼저, 손윗사람이 손아랫사람에게 먼저 청하는 것이 예의야. 처음 만나는 상대와 악수할 때 상대방의 눈을 바라보면서 호감을 느끼고 있다는 마음을 담아 하면 그 진심이 전해질 거야.

친구 사이라면 그 어떤 에티켓도 필요 없겠지. 하지만 처음 만나는 사람과 악수를 나눌 때는 너무 오버하며 어깨를 안는다거나 두 손으로 악수하거나 손을 쥐고 흔든다거나 하면 별로 안 좋은 인상을 남길 수 있어. 특히 상대

의 눈도 보지 않고 대충 형식적으로 손만 갖다대는 악수
는 그 만남이 아무 느낌도 없이 끝나버릴 수 있어. 그리
고 장갑을 끼고 악수를 하는 건 실례야. 하지만 장갑을
벗느라 상대를 너무 기다리게 하는 건 좋지 않으니까 사
정이 있으면 양해를 구하는 게 좋겠지.

누군가와 악수를 해보면 그 사람 마음이 체크가 된다. 손
만 잡아도 그 사람이 나에게 어떤 감정인지 감이 와. 손
에도 온도가 있고 표정이 있고 마음이 있어. 영혼 없는
메마른 악수보다 사랑과 관심을 담아 건네는 악수를 주
고받으렴. 손을 잡고 악수를 나눈다는 건 마음을 나누는
일이고 정감의 확인 작업이란다.

손을 잡는 순간, 자기 넋의 반을 상대방에게 건네준다는
옛말이 있어. 다가오는 시간들 속에서 너는 누구의 손을
잡아 네 넋의 절반을 건네주게 될까. 누구의 손을 잡고
그 사람 넋의 절반을 받게 될까.

<h1>" 업무용 이메일을 주고받을 때
에티켓이 있을까요? "</h1>

업무용 메일인데 실수로 잘못 보낸 메일을 받을 때가 있어. 첨부해야 할 파일을 빠트린 메일을 받으면 좀 황당해. 한두 번이면 그래도 괜찮은데 너무 자주 이런 실수를 하는 사람이 있거든. 그러면 같이 일하는 관계에서 신뢰가 사라지게 된단다.

또 가끔 업무 메일의 제목을 불분명하게 달아서 무슨 내용인지 애매할 때가 있어. 예를 들어서 '작가님~' 이런 제목 말이야. 개인적으로 보내는 메일이면 모르지만 업무용 메일인 경우에는 제목만 봐도 무슨 내용인지 알게 하면 좋을 텐데, 아쉬운 마음이 들어. 그리고 단체 메일을 받을 때 함께 받는 사람의 이메일 주소가 엄청나게 나열된 것을 볼 때도 나에게 중요한 메일처럼 느껴지질 않아.

업무 처리에 이메일이 많은 부분을 차지하고 있으니 몇

가지 이메일의 에티켓을 알아두면 좋을 것 같구나. 먼저, 업무용 메일을 보낼 때는 개인적으로 쓰는 메일 주소보다 네가 속한 회사나 단체의 이메일 주소로 하는 게 좋아. 너는 회사의 소속된 사람으로서 메일을 보내는 거고 회사 도메인은 소속을 나타내는 거니까.

업무용 이메일 계정을 만들 때는 개인 메일보다는 조금 평범하게 만드는 게 어떨까. 이름과 성을 조합해서 쓰는 게 일반적인데, 가능하면 간단히 누구나 쉽게 알아볼 수 있는 게 좋아. 그리고 '_' '‿' 같은 헷갈리는 부호는 가급적 넣지 말도록 해. 잘못 가는 경우가 많고 이메일 주소를 알려줄 때도 계속 설명을 해야 하거든. 이메일 계정에는 너무 튀거나 코믹한 단어는 쓰지 마. 특히 외국에 이메일을 보낼 경우에 그 나라에서 금기시하는 단어일 수 있단다.

또, 수신자와 참조자를 잘 구별해서 보내렴. 이건 아주 중요한 문제야. 수신자는 실제로 그 업무를 처리하고 메일에 답변하는 실무 담당자, 참조자는 메일을 공유는 하지만 단지 참조만 하는 사람, 숨은 참조는 메일 수신자들에게 함께 수신하는지 알릴 필요가 없을 때 추가하면 돼.

같은 메일을 여러 명에게 보낼 때는 개별로 발송하는 게 좋아. 수신자 목록에 수십 명의 이름이 있는 메일을 받으면 정성이 없어 보이더구나. 중요한 메일 같지가 않아서 잘 안 읽게 돼.

그리고 메일 제목은 핵심 내용을 담는 게 좋아. 그러면 읽는 상대도 빨리 그 내용을 체크할 수 있어. 그것 말고도 받는 메일이 많을 텐데 제목까지 헷갈리게 보내서 업무를 보태지 않게 하렴. 업무용 메일로 좋은 제목은 제목만 봐도 누가, 어떤 일로, 무엇을 해달라는지 한눈에 파악할 수 있는 제목이야.

업무용 메일을 보낼 때는 메일 하단에 서명을 포함해서

보내는 게 정석이란다. 서명에는 명함 내용을 담는 거라고 보면 되는데 회사명, 주소, 연락처에다 회사의 슬로건을 포함하는 경우도 있겠지. 회사를 대표하는 메일을 보낼 때는 그렇게 만든 평범한 서명을 붙여서 보내고, 조금 특별한 메일을 보낼 때는 개성적인 개인 서명을 따로 만들어두고 적절히 선택해 쓰는 것도 좋을 것 같아.

그리고 업무용 메일을 받았을 때 수신자 자격으로 받았다면 곧바로 답장을 보내주는 게 좋아. 답변에 시간이 좀 걸릴 것 같으면 언제 어떻게 처리하겠다는 내용을 담은 짧은 답변 메일을 먼저 보내렴. 참조자 자격으로 받은 경우에는, 특히 단체 답장은 꼭 필요한 경우에만 하면 돼.

이건 실수를 줄이기 위해 꼭 해야 될 일인데, 메일을 작성한 후 보내기 전에 내용을 꼭 한 번 더 확인하렴. 수신자 이름은 제대로 썼는지, 메일 제목은 적절한지, 메일 내용에 오타는 없는지, 파일 첨부는 됐는지… 한두 번은 몰라도 자주 실수하면 '실수 잘하는 사람'의 이미지가 굳어지게 돼.

중요한 메일은 보내고 난 후에는 전화로 다시 확인하는 게 좋아. 메일은 간혹 발송이 안 되거나 잘못 발송될 수도 있어. 상대방이 메일을 기다릴 수도 있는 거니까 메일을 잘 받았는지 확인하고 공손히 잘 부탁한다는 말을 전하면 호감도가 올라갈 거야. 그와 반대 입장으로 만일 상대에게서 중요한 메일을 받았다면 잘 받았다고 곧 처리하겠다고 전화를 해주면 상대가 고마워할 거야.

사람은 누구나 실수할 수 있어. 메일을 보내거나 받을 때도 실수할 수가 있지. 하지만 실수가 반복되면 함께 일하고 싶은 마음이 사라지게 된단다. 메일 하나로 중요한 기회를 날려버릴 수도 있는 거지. 늘 꼼꼼히 확인하고, 가능하면 실수가 없도록 하렴.

" 로비에서 휴대폰 보면

왜 안 돼요? "

🥄 회사나 학교 등 로비에서는 휴대폰 보는 것을 잠시 멈춰줘. 잠깐 보는 것은 괜찮지만, 휴대폰에 고개를 떨구고 걸어오는 사람을 보면 '난 당신과 인사하기 싫어요'라는 의미로 받아들여질 수 있어. 얼마 전에 로비를 걸어 나가는데 마침 들어오던 어떤 후배가 휴대폰만 보면서 지나가기에 그런 생각이 들었어. '혹시 나와 인사하기 싫은 건가?'

휴대폰은 마치 몸의 부속기관처럼 언제나 함께하는 거지만 학교나 회사 로비를 걸어가면서는 되도록 잠깐만 스치듯 쳐다보는 게 좋아. 길게 들여다본다는 것은 인사하기 싫다는 오해를 줄 수 있거든. 회사원의 경우 로비는 너의 상사나 동료들, 그 누구도 만날 수 있는 곳이야. 잘 보이고 싶거나 인사하고 싶은 사람이 지나갈 수도 있는 곳이라는 얘기지.

큰 기업에 다니는 어느 후배가 인턴 사원일 때 이런 경험을 했대. 일 때문에 바쁜 연락을 하느라 문자를 하면서 로비를 걸어가는데 상무님이 불러 세웠대. "자네, 인턴 아닌가? 그런데 인사도 안 하고 지나가?" 후배가 '급한 일이 있어서 문자 중이었다'고 말씀드렸지만 못 본 척하고 지나가는 걸로 오해를 하셨는지 로비에서 고개 숙이고 지나가는 건 아니라고 야단을 쳤다고 하네. 그 후배, 죄송하다고 사과했지만 마음속으로는 진짜 일 때문에 급한 문자 중이었기에 많이 속상했대. 후배는 그 후로 로비에서 고개 들고 걷는다고 하더구나. 그러다가 인사할 수 있는 기회를 얻기도 하고 말야.

나도 그 비슷한 경험을 자주 한단다. 학교에 강의를 나가니까 학교 로비에서 학생들을 보게 되는데 어떤 학생은 내가 누군지 모르지만 눈인사를 하고 가기도 한다. 어떤 학생들은 휴대폰에 고개를 파묻고 지나가기도 하고. 지금도 잊을 수 없는 학생이 있어. 그날은 강의하러 가서 엘리베이터를 탔는데, 구석자리에 서 있던 어떤 학생이 나에게 눈인사를 하는 거야. 내가 가르치는 55명 중의 1명이구나 싶어 같은 층에서 내리겠구나 했는데, 내리지 않고 계속 올라가더구나. 그러니까 그 학생은 내 수업의 학생이 아닌데도 같은 엘리베이터를 탄 어른을 보니 그냥 눈인사한 거야. 그날 나 정말 감명을 받았어. 순간 학교 전체가 다 빛나 보이고 우리 젊은이들에게 무한한 희망을 느꼈어. 나와 같은 엘리베이터를 탔다는 것은 어쨌든 우리 학교, 혹은 우리 회사와 관계가 있는 어른이라는 의미겠지. 그러니 인사를 해준다 한들 나쁠 게 없는 거지.

로비에서 문자 하다가 혼났다는 그 후배는 야단친 상무님으로부터 숙제를 받았대. "자네 영화 〈역린〉을 다시 보게." 그래서 그 후배, 〈역린〉을 보고 이 대사와 함께 리뷰를 상무님에게 제출했대. 영화에서 정조가 "그대들이 그리 중요하게 여기는 옛 말씀을 듣고 또 듣고 깨우쳤는지

다 외우고 있는 자 손들어 보시오. 중용 23장을 아는 사람이 있소?"라고 했을 때 상책(정재영)이 하던 대사,

'작은 일도 무시하지 않고 최선을 다해야 한다. 작은 일에도 최선을 다하면 정성스럽게 된다. 정성스럽게 되면 겉에 배어 나오고 겉으로 드러나면 이내 밝아지고 밝아지면 남을 감동시키고 남을 감동시키면 이내 변하게 되고 변하면 생육된다. 그러니 오직 세상에서 지극히 정성을 다하는 사람만이 나와 세상을 변하게 할 수 있는 것이다.' 이것이 중용 23장이옵니다.

그 대사에 별표 해서 숙제를 냈다고 하더군. 나도 이 대사를 종종 마음에 두고 산다. 초심이 흩어지려고 하면 다시 읽어보고 또 나 자신에게 읊는다. 아들, 우리 세월이 흘러도 이 대사를 잊지 말자.

" 식사 자리에서 지켜야 할
에티켓이 있을까요? "

나는 어느 식사 모임에서 실수를 한 적이 있어. 동그란 식탁에 여러 명이 둘러 앉았는데 그만 옆 사람의 물을 내 것으로 착각하고 마신 거야. 나 때문에 다른 사람들도 모두 옆의 물잔을 들어 마시는 사태가 벌어지고 말았지. 얼마나 민망하던지. 그 일로 인해 나는 서양식 식사 테이블에서는 좌빵우물(왼쪽의 빵, 오른쪽의 물이 내 것)이라는 걸 터득할 수 있었지. 근사한 식당의 정중한 식사 자리에 참석할 때 테이블 매너를 알아두면 좋단다.

테이블 매너 중에 특히 유의할 것이 있어. 난 식사할 때 상대방이 계속 휴대폰을 보면 많이 불편하더구나. 다른 사람과 식사할 때 테이블 위에 전화기를 두는 것은 정말 실례야. 꼭 받아야 할 전화가 아니면 전화기는 멀리 두렴. 만일 정말 중요하게 받아야 할 전화가 오면 그 자리에서 받지 말고, 양해를 구하고 밖으로 나가서 받아야 해.

음식 사진을 찍는 사람도 많은데 '사진 찍기 전에 음식 허물어버리지 마라', 요즘 이게 식사 에티켓 제1조라는 우스갯소리도 있더구나. 음식 사진을 찍고 싶으면 동석자에게 먼저 양해를 구하고 빠른 시간에 얼른 찍는 게 좋아.

편한 모임에서는 꼭 식사 매너를 일일이 따질 필요는 없어. 하지만 격식이 중요한 자리도 있을 거야. 비즈니스 모임도 있을 거고, 여자친구의 부모님이나 학교 은사님을 뵙거나 직장 상사와 식사할 때는 매너를 알아두면 좋단다. 식사 에티켓도 계속 지키다 보면 몸에 배서 자연스러워지고 그럼 같이 식사하는 사람이 참 기분 좋아져.

'파인 다이닝(Fine Dining)'은 셰프가 만든 최고의 요리를 최상의 서비스로 제공하는 고급 식사인데 당연히 사전 예약을 해야 해. 전화로 예약할 때는 음식점이 너무 바쁜 시간은 피해서 하렴. 예약하는 날짜와 시간, 식사 인원, 예약하는 사람의 이름과 연락처를 알려주면 되는데,

식사의 목적도 함께 알려주면 좋겠지. 생일 축하라든지, 승진 축하라든지, 1주년 기념이라든지, 프러포즈 식사라든지… 그럼 목적에 맞는 서비스를 받게 될 수도 있단다. 선호하는 좌석이 있으면 그것도 미리 부탁해두면 좋아. 당일에 가서 말하면 그 자리가 이미 예약되어 있을 확률이 크거든.

그리고 혹시 상대가 먹지 못하는 음식이나 재료가 있다면 미리 체크해서 예약할 때 미리 알려두렴. 알레르기가 있다면 갑각류는 빼달라든지, 소스에 견과류를 빼달라든지 말해두는 거야. 만일 게스트가 채식주의자라면 그것도 미리 알리고 메뉴를 미리 의논해서 정해두면 좋단다.

무엇보다 중요한 점. 예약해놓고 연락도 없이 가지 않는 노쇼는 절대 안 돼. 그 예약으로 인해 다른 고객을 받지 못하면 식당에 실질적인 피해를 주는 게 돼. 이건 아주 기본적인 약속이야. 중간에 피치 못할 사정이 생기면 꼭 사전에 양해를 구하는 전화를 식당에 해줘야 해.

식사를 약속한 날이 다가오면 의상을 점검해야 하는데, 식사 목적과 함께 식사할 사람들에 맞게 옷차림을 갖추면 좋겠지. 그리고 음식점에 들어설 때는 마음대로 아무 자리에나 앉지 말고 예약 확인을 먼저 한 후 직원의 안내에 따라야 해. 테이블로 갈 때는 그 식사의 주인공이나 동석자가 먼저 들어갈 수 있게 잘 배려하면서 들어가는 거야. 테이블마다 상석이 있는데, 주로 전망이 좋거나 입구에서 먼 자리가 상석이야. 직원이 먼저 의자를 빼주는 데가 상석이라고 보면 돼.

메뉴를 고를 때도 연장자나 그날의 주인공에게 먼저 고르게 하는 게 좋겠지. 한 사람이 코스를 주문했다면 다른 사람은 단품으로 주문하는 건 좋지 않아. 식사 속도를 맞춰야 하기 때문이야. 함께 식사하는 사람과 먹는 속도를 맞추는 것도 매너란다. 즐겁게 대화하고 웃음도 나누면서 상대방과 속도를 맞춰서 식사를 하면 그날의 식사가 아주 행복할 거야.

만일 아주 격식을 차려야 하는 식사 자리라면 미리 메뉴를 봐두고 식사 과정에서 불편할 만한 메뉴는 고르지 않는 게 좋겠지. 같이 공유하는 반찬을 집을 때는 자꾸 뒤적이지 말도록 해. 간혹 젓가락으로 휘젓고 자기 입에 넣었다가 그걸로 또 젓는 사람을 보는데, 나의 침은 나에게만 좋은 거지 남에게는 독이 될 수 있음을 명심해. 그리고 식사하면서 맛없다고 계속 불평하는 사람이 간혹 있는데 동석자에게 아주 실수하는 거야. 내가 맛없어도 상대는 맛있을 수 있거든. 그리고 괜히 트집 잡는 사람, 까다로운 사람으로 보이면 호감도가 당연히 떨어지게 된단다.

와인을 마시는 자리인데 잘 모르겠다 싶으면 추천 메뉴 중에서 선택하면 거의 실패하지 않게 되더구나. 또 와인은 손의 온도에 민감하니까 잔의 바디를 잡지 말고 대를 잡는 것도 알아두렴.

코스를 먹을 때는 이미 다양한 식기가 세팅이 되어 있을 거야. 그러면 바깥쪽 식기부터 코스에 따라 이용하면 된단다. 스테이크는 한꺼번에 잘라두면 고기가 빨리 식고 육즙이 빠져나가버려. 왼쪽부터 한 입 크기로 잘라 먹으면 고기 맛을 끝까지 제대로 맛볼 수 있어. 상대방의 것을 미리 다 잘라서 건네주는 것도 맛의 측면에서는 별로 안 좋겠지? 그래도 잘라주기를 바라는 눈치면 센스 있게 잘라줘도 좋고.

냅킨은 식사가 시작되면 그때 무릎 위에 올려놓고 식사하면 돼. 식사 중에 잠깐 나갈 일이 있을 땐 무릎 위에 두었던 냅킨을 테이블 위가 아니라 의자에 두고 가렴. 식사를 다 마치고 난 후에는 사용한 냅킨을 대충 접어서 테이블 위에 올려놓는 거란다.

포크나 나이프, 수저를 들고 있을 때는 몸짓을 크게 하지 말고, 멀리 있는 소금이나 후추가 필요할 때도 무리하게 손을 뻗어서 가져오지 말고 가까운 사람에게 건네 달라고 부탁하는 게 좋아.

외국 나갈 때 팁 문화 같은 것도 잘 파악해뒀다가 팁을 줘야 하는 문화의 나라에서 식사할 때는 미리 잘 준비해 두렴.

그런데 사실 식사 매너도 그때그때 상황에 맞게 하면 돼. '인의예지신'보다 '센스'가 먼저라는 말이 있잖니. 핑거볼(손 씻는 물)을 마신 인도 외교관이 있었는데 영국 여왕도 그 물을 같이 마셨다는 일화가 있어. 결국은 예의보다 센스인 거야. 누군가 그 예의를 지키지 않는다고 그것을 무매너로 본다면 그것 또한 매너가 아닌 거야. 모를 수도 있고 다를 수도 있다는 것을 인정하고, 다만 좀 알아두자는 거지.

나도 원형 테이블에서 옆 사람 물을 마셨는데, 다른 사람들이 자연스럽게 옆자리 물을 마셔주면서 미소 지어주었단다. 모든 매너는 마음에서 오고 태도에서 오는 거야. 언제 어디서나 '자연스럽게', 그게 최고의 센스 아니겠니.

'함께 하는 식사란 상대방에게 관대함과 존중, 경의를 표한다는 의미를 가진다.'《태도의 품격》에서 로잔 토머스도 말한 것처럼 좋은 식사 매너는 같이 식사하는 사람에게 기분 좋은 기억을 갖게 하거든. 은은한 조명 아래 앉아서 도란도란 대화를 나누며 가끔 누군가의 유머로 웃기도 하면서 좋은 사람들과 맛있게 식사하는 시간, 이보다 행복한 순간이 또 있을까.

" 술 마실 때 잊지
　　　　　말아야 할 점은 뭐예요? "

━ 술은 정말 멋진 거지. 한 순간에 세상을 확 바꿔놓으니 말야. 술 마시면 없던 용기도 생기고 치기도 생기고 죽은 줄 알았던 낭만세포까지 되살아나지. 그러나 술 때문에 망한 사람 많이 봤어.

예전 직장의 선배는 정말 훈남이었어. 학벌도 좋고 훈훈한 외모에 성격도 좋은 분이었지. 다른 직장에서 옮겨온 지 얼마 안 된 시점에 결혼도 하고 신혼의 알콩달콩한 얘기들을 전해 들었어. 다 갖춘 그 선배를 둘러싼 아름다운 풍경이 그러나 어느 순간 깨지기 시작했어. 회식 다음 날 난리가 난 거야. 사장님이 우리 부장님을 호출하고 그 선배 자리는 하루 종일 비어 있었어.

결국 알게 된 것은, 그 선배의 술버릇이었어. 만취하면 가장 높은 자리의 사람에게 전화해서 혼을 낸다는 거야.

"떽! 당신 그러면 못 써! 나한테 혼날 줄 알아!" 이런 식으로 말야. 사장님이 직접 그 사람을 채용하는 과정에서 사장님 전화번호를 알았던 그 선배는, 사장님이 싫어서가 아니라 술버릇 때문에 그랬던 거야.

알고 보니 그 전 직장에서는 술만 마시면 부사장에게 전화해서 주사를 부리다가 결국 직장을 그만두고 몇 달 쉬고 있었대. 술버릇을 모른 채 그의 화려한 이력을 보고 사장님이 채용한 거야. 그 선배가 싹싹 빌어서 한 번은 용서가 됐는데 두 번, 세 번 그 술버릇이 반복이 되자 결국 그 선배, 또 그만두었어.

내 가까운 친구가 겪은 또 하나의 얘기. 다 갖춘 데다 귀여운 외모까지 장착한 남자와 잘 사귀고 있었는데 어느 날 보니 술만 마시면 자러 가자고 끝까지 고집을 부리더래. 술 마시지 않을 때는 너무나 해맑은 남자인데 술만 마시면 돌변하길래 알콜 전과 후, 그 차이가 싫어서 결국 헤어졌어. 그 친구에게 다들 잘 헤어졌다고 박수를 쳐줬어. 넌 워낙 절제를 잘하니까 술에 대해선 얘기할 필요도 없지만 세월이 흘러서 또 술에 대해서 경계가 흐려지는 일이 만의 하나 생기려고 하면 엄마 글을 잊지 말길. 내가 좋아하는 글 중에 송강 정철이 자신에게 쓴 '과음을 경계하는 글'이 있어. 그의 과음을 반성하는 글, 잘 새겨보렴.

내가 술을 즐기는 이유가 네 가지 있다. 마음이 편하지 아니하여 마시는 것이 첫째이고, 흥취가 나서 마시는 것이 둘째이고, 손님을 대접하느라 마시는 것이 셋째이고, 남이 권하는 것을 거절하지 못하는 것이 넷째이다. 그런데 술에 빠져들어 끝내 혼미하여 일생을 그르치는 것은 무슨 이유인가. 술에 한창 취했을 때에는 마음 내키는 대로 속 시원히 언행을 마구 했다가 술이 깬 뒤에는 다 잊어버리고 취했을 때의 일을 전혀 기억하지 못한다. 남이 혹 취했을 때의 일을 얘기해주면 처음에는 그럴 리 없다고 믿지 않다가 나중에 그런 일이 있었음을 알고 나면 부끄러운 생각에 죽고 싶어진다.

그 시대의 큰어른인 송강 정철도 술 앞에서는 강해지지 못하는 자신의 나약함에 스스로 자책한 걸 보면 술이 무섭긴 무서운 거야. 술 때문에 실수하고 그동안 쌓아온 명예를 잃는 사람들이 의외로 많거든.

술 마실 때 반드시 기억해야 할 것이 있어. 나와 함께 술 마시는 사람도 나와 같은 이유로 즐겁고자, 위안을 받고자, 자랑하고자, 인정을 받고자, 그리고 나도 힘들다는 것을 확인받고자 등등의 이유로 함께 술을 마신다는 거야. 그러니 그 사람과 동등하게 평등하게 평화롭게 마셔야 한다. 마주 앉아서 대작하는 사람이 자기와 똑같은 처지에 있다는 것을 잊어선 안 돼. 그걸 잊는다면 술자리는 항상 후회를 낳을 거야. 후회하지 않는 술자리를 가져야 한다.

또 술자리에서 매우 중요한 것이 있어. 상대방이 취하면 그가 편안하게 귀가할 수 있도록 그를 배웅해주어야 한다. 설혹 그곳이 멀고 먼 곳이라도! 이 마지막 배려를 잊지 않고 술을 마시면 후회는 없을 거라고 생각해. 그리고 과음은 건강에 적신호가 오게 만들어. 과음을 하지 말아야 하지만 만약 음주했을 때는 마신 술의 두 배만큼 꼭 생수를 마시렴. 그래야 해독이 돼. 그리고 간이나 췌장이 회복될 수 있도록 위장을 쉬어주고 꼭 며칠은 술이나 과식을 피하렴.

" 옷차림은 어떻게

해야 할까요? "

━ 가끔 네 옷차림에 대해 잔소리하면 듣기 싫지? 그런데 그건 네 외할아버지에게서 엄마가 늘 듣던 잔소리이기도 하단다. 너도 외할아버지가 굉장히 패셔니스타였던 거 기억하지?

엄마의 아버지는 우리 자매들을 데리고 외출하시는 걸 좋아하셨어. 딸들을 데리고 지인도 만나러 가고, 일도 보러 다니곤 하셨지. 그런데 그날 무슨 일을 해야 하는지에 따라서 옷차림이 달라야 했어. "어른을 뵈러 갈 건데 그 옷차림은 어울리지 않는다. 다른 옷으로 갈아입고 오거라."

마음에 들지 않는 옷차림을 하고 나서면 여지없이 다시 집으로 돌려보내 옷을 갈아입고 오게 하셨어. 극장에 가는 날은 극장에 어울리는 옷차림을, 손님을 만나러 가는 날은 또 그에 어울리는 옷차림을 해야 한다고 하셨지.

엄마가 교사 일을 그만두고 작가로 데뷔하고 나서였어. "작가가 되고 나서도 교육자 옷차림을 하고 있으면 안돼. 작가면 모습도 작가다워야지. 모자를 써봐라." 아버지는 작가가 됐으면 외양도 작가처럼 보여야 한다고 하셨어. "보이는 겉모습이 뭐가 중요해요?" 이런 말을 했다가는 여지없이 아버지의 꾸중을 들어야 했단다. "얼굴은 바꿀 수 없지만 옷차림은 노력하면 바꿀 수 있는 거다. 너는 네 모습이 안 보이지만 다른 사람은 네 모습이 보인다는 것을 왜 몰라? 네 옷차림 때문에 그 장소가 빛이 날 수도 있고 그 장소에 참석한 사람들이 기분이 좋아질 수도, 나빠질 수도 있는 거다."

멋쟁이 아버지의 차림은 정말 적재적소였어. 품위를 잃지 않으면서 그날의 분위기에 딱 맞는 차림을 하셨지. 사람이 가장 멋있어 보일 때는 그 자리, 그 분위기에 잘 어울릴 때란다. 일에서만 적재적소가 있는 게 아니야. 옷차림과 마음가짐도 적재적소가 있는 거야.

직장에 출근하거나 면접을 봐야 할 때, 결혼식이나 장례식에 가야 할 때, 공식 행사에 참석해야 할 때, 격식을 갖춘 식사에 초대 받았을 때 등등. 적재적소에 맞는 옷차림을 하도록 하렴. 레스토랑에 앉아 있을 때, 포장마차에서 국수를 먹을 때, 오페라 극장에 갈 때, 록 가수의 공연장에 갈 때처럼 장소와 시간에 따라 나를 변화시키는 것. 그때그때 나와 함께하는 사람들과 즐거움을 누리는 비결이야. 힙합 청년처럼 입는 게 즐거운 때와 장소가 있고 댄디한 차림이 어울리는 때와 장소가 있다는 거지.

만일 슈트를 입어야 할 때는 평상시 입던 옷이 아니라 불편할 수도 있겠지만 자연스럽게 동작하는 걸 익히도록 해. 사실 품위는 사소한 동작에서 오는 거란다. 패션의 완성은 '동작'인 셈이지. 동작 중의 몇 가지를 예로 들어볼게. 슈트를 입을 때 실내에 들어가면 상의를 벗어야 할 일이 있지. 그럴 때는 어깨부터 옷을 내리고 그 다음에 양팔에서 부드럽게 떨어뜨리며 벗는 게 좋아 보이더구

나. 그리고 다시 걸칠 때는 상의를 한꺼번에 걸치면 동작이 너무 커서 자칫 옆 사람의 진로를 방해할 수도 있어. 먼저 한 손부터 집어넣고 입은 다음, 다른 손도 집어넣어 입고는 어깨까지 부드럽게 밀어 올려 입으면 된단다.

그리고 신발도 옷처럼 TPO(시간, 장소, 상황)에 맞게 선택해 신으렴. 스타일은 구두에서 시작해 구두로 완성된다는 말이 있어. 뭘 선택해서 신는지도 중요하지만 특히 깨끗이 하렴. 운동화나 구두에 먼지가 묻거나 지저분하면 발걸음도 경쾌하지 않게 돼. 구두를 닦는 것은 사람을 닦는 것이라는 말도 기억하고 있을 거야. 만일 비가 와서 구두가 젖는 일이 생기면 구두 밑에도, 구두 안에도 신문지를 깔아보렴. 그럼 수분을 빨아들여서 신발이 변형되는 것을 막을 수 있어.

그리고 양말 역시 중요한 패션 아이템이란다. 어쩌다 신발을 벗어야 할 일이 생겨도 당황하지 않으려면 의상에 잘 맞는 양말을 챙겨 신는 게 좋아. 정장을 입을 때는 슈트보다 어두운 색상을 고르는 게 좋고 다리를 꼬고 앉을 때도 맨살이 드러나지 않게 목이 긴 양말을 택하는 게 좋단다.

벨트도 가능하면 바지보다 어두운 색상을 고르는데 폭이 너무 넓거나 너무 좁지 않은 걸로 선택하는 게 좋겠지. 격식을 갖춘 자리에 가거나 비즈니스 상대를 만나러 갈 때 벨트와 시계는 클래식하면서 너무 비싸지 않은 걸로 고르도록 해. 자칫 사치하는 사람의 이미지로 보여 신뢰를 떨어뜨리기도 한단다.

가방을 들 때는 캐주얼 스타일에는 메신저 백이 잘 어울리지만 정장을 입고 캐주얼 백을 가로질러 메는 것은 좋지 않아 보이더구나. 명함 지갑이나 지갑도 소재나 색상에 통일감을 갖추는 게 좋아 보여. 그리고 손수건도 주머니에 챙겨두렴. 너는 특히 땀이 많잖아. 그때마다 휴지를 찾아 닦는 것보다 손수건을 꺼내서 닦으면 좋고, 화장실에서 손을 씻고 나서도 손수건을 쓰는 게 좋겠지.

한마디로 슈트를 갖춰 입은 정장 차림일 때는 넥타이, 양말, 구두, 가방, 지갑, 벨트 등 심플하면서도 색상이나 소재 면에서 통일감을 이루는 스타일이 멋있어 보이더구나.

내 모습은 내 눈에는 안 보여서 내 기분에는 상관없지만 다른 사람의 눈에는 잘 보여서 다른 사람 기분에 영향을 미치는 거야. 그러므로 옷차림은 매너인 거고, 플러스알파의 개념이 아니라 필수 자세란다. 네가 잘 부르는 스팅의 노래 'Englishman in New York'이나 영화 〈킹스맨〉에도 나오잖니. '매너가 사람을 만든다'고. 적재적소의 옷차림과 매너를 갖추면 너의 가치가 더 빛나게 될 거야.

" 향수는 어떻게
사용하는 게 좋을까요? "

네 성인식 때 엄마가 선물한 향수 브랜드를 넌 아직도 쓰고 있더구나. 너한테 할 선물을 고르는 건 쉬워. 그 향수를 제일 좋아하니까. 네가 쓰는 아르마니 아쿠아 디 지오 향수는 부담스럽지 않으면서 향이 시원해서 참 좋아. 요즘은 남성들도 대부분 향수를 쓰는데 너무 진한 향은 거부감이 들지만 살짝살짝 가볍게 풍기는 향기는 한 번 더 돌아보게 하는 거 같아. 좋은 향이 나는 것은 나 자신에게도 기분 좋은 일이고 상대에게도 좋은 향을 맡게 하니 좋은 거잖아. 잘 맞는 향수를 적당히 뿌리는 것은 일종의 매너이기도 해. 서양에서는 향수를 뿌린다고 하지 않고 '입는다'는 표현을 쓸 정도로 의상을 입듯이 향수를 언제나 사용한다고 하더구나.

지금 쓰는 향수를 한 번쯤 바꾸고 싶다고 했지? 향수를 고를 때는 유행하는 것을 고르는 것보다 자신에게 잘 어울리는 향수를 선택하는 게 중요해. 네 취향에 잘 맞으면서 이미지와도 잘 어울리는 향수를 고르면 좋은데 그게 어렵지? 누군가에게 향수를 선물할 일이 있을 때도 어떤 걸 선택할지 어려울 거야. 향수는 어떤 걸 고르는 게 좋을지, 그리고 향수는 어떻게 사용하는 게 좋을지 생각해 볼까?

향수는 농도순으로 종류가 나뉘는데 퍼퓸(perfume), 오드 퍼퓸(eau de perfume), 오드 뚜왈렛(eau de toillette), 오드 코롱(eau de cologne), 샤워 코롱(shower cologne) 등이 있어. 퍼퓸은 가장 높은 농도(15~30%)를 가지고 있어서 향이 강해. 퍼퓸은 많이 뿌리면 안 되고 조금만 사용해야 하는데 지속 시간도 10~12시간으로 가장 길다고 보면 되겠지. 오드 퍼퓸은 퍼퓸보다 한 단계 아래의 농도(10~15%)인데 지속 시간은 7~8시간 정도야. 적당히 진한 향과 적당한 지속 시간을 가지고 있어. 오드 뚜왈렛은 농도가 적당(5~10%)하고 지속 시간은 3~4시간 정도. 가벼워서 일반적으로 가장 많이 쓰이는 종류란다. 오드 코롱은 농도 (1~5%)가 낮고 지속 시간은 1~2시간 정도야. 처음으로 향수를 사용할 때는 이것부터 시작하는 것이 좋겠지. 그리고 샤워 코롱은 지속 시간이 1시간 정도밖에 안 되고 명칭 그대로 샤워 후 가볍게 기분 낼 때 쓰는 거야. 시중에 나오는 향수는 대부분 오드 뚜왈렛이나 오드 퍼퓸이야.

향수 사러 가면 가끔 탑 노트가 어떻고 미들 노트가 어떻고 그런 설명을 하잖아. 뿌리는 시간에 따라 향기도 변하는데 탑 노트는 향수를 뿌릴 때 가장 먼저 맡게 되는 향이야. 그리고 미들 노트는 뿌린 후 30분~1시간 사이에 나는 향, 메인 향이라고 보면 되겠지. 베이스 노트는 뿌리고 난 후 2~3시간 사이의 향인데 잔향이라고 표현하면 맞을 것 같구나. 향수를 사기 전 시향해볼 때는 탑 노트만 맡게 되는데 베이스 노트까지 잘 고려해서 선택하려면 시간을 넉넉히 잡고 가는 게 좋아. 시향을 해본 뒤 다른 쇼핑을 하면서 나중에 나는 향까지 느낀 후에 고르면 어떨까 싶어.

향수도 여러 가지 맡다 보면 후각이 둔감해지기 때문에 일단 향수에 대한 정보를 알고 가서 몇 가지 네가 픽한 향수에 대해서만 시향해보고 고르는 게 좋겠지. 그리고 저녁이 될수록 향을 인식하는 게 더 예민해진다고 하니까 가능하면 오후 시간에 구입하는 게 좋단다.

샵에서 향수를 고를 때 "시트러스, 우디, 오리엔탈 중에 어떤 계열 원하세요?"라고 묻곤 하거든. 먼저 시트러스 계열은 감귤류의 향이라고 보면 돼. 오렌지, 라임, 자몽 같은 과일이나 오렌지 나무의 잎 또는 꽃을 사용해서 만드는 향수야. 가볍고 상큼하고 시원한 종류의 향이란다. 이 계열의 향수로 유명한 제품은 조 말론의 라임 바질 앤 만다린이라는 향수가 있어. 꾸준한 베스트셀러라고 하는데 바질향 때문에 호불호가 있을 수 있대. 우디 계열은 나무에서 느껴지는 따스하고 묵직한 향을 말해. 흙 내음, 소

나무 향기가 여기에 속하는데 유명한 제품으로는 바이레도의 발다프리크, 프레데릭 말의 베티베 엑스트라오디너리 등이 있단다. 이끼 향과 흙 내음이 매력적이라니까 언제 한번 시향해보렴. 오리엔탈 계열은 신비로운 동양의 향이라고 표현하는데 사향고양이 같은 동물에서 나는 향이라고 보면 돼. 거기다가 바닐라 향이나 타바코 향을 추가하기도 한다는데 겨울에 잘 어울리는 향이라는구나. 유명한 제품으로는 프라다의 르 옴므가 있단다.

내가 맡았던 향기 중에 추천하고 싶은 것은 네가 애용하는 아르마니 아쿠아 디 지오 향수, 시원하고 상큼해서 무겁지 않고 지나가면 살짝살짝 풍기는 향이 스킨로션에서 나는 향기 같아서 좋아. 존 바바토스 아티산은 시트러스한 향인데 역시 상쾌하고 시원하더구나. 에르메스의 르 자르뎅 드 무슈 리도 귤 향기가 나는 느낌이라 좋아하는 향이야.

향수는 뿌린 후 30분~1시간 정도 지나야 몸에 배면서 좋은 향이 나기 때문에 외출하기 전에 미리 뿌리는 것이 좋아. 가장 고전적인 방법은 공기 중에 몇 번 뿌려 옷에 자연스럽게 향이 배도록 하는 방법이 있어. 또, 향수와 피부 열이 상호작용하게 하려면 손목이나 귀 밑, 목 뒤, 관자놀이 등 맥박이 뛰는 곳에 자연스럽게 뿌리면 돼. 손목에 뿌리는 경우, 비비면 안 돼. 그러면 향수 입자가 마찰로 인해서 줄어들기 때문이야. 살짝 터치를 하는 정도가 좋아.

향기는 아래에서 위로 올라가는 성질이 있는데 하반신에 사용하면 은은하겠지. 허벅지 안쪽이나 무릎 뒤쪽, 바지주머니 끝부분, 발목 안쪽 복숭아뼈 등에 뿌리면 좋다고 하더구나.

향수도 때와 장소에 맞게 뿌려야 해. 병원이나 시험장이나 장례식장 등에 갈 때는 사용을 하지 말거나, 하더라도 아주 살짝만 하는 게 좋겠지. 평상시에도 향수 뿌리는 게 부담스러우면 작은 사이즈의 섬유 향수 같은 것도 있단다. 주머니에 넣으면 하루 종일 좋은 비누 냄새가 나는 정도랄까, 무겁지 않게 쓰기 좋아.

향수도 유통기한이 있는 거 알지? 5년 정도가 일반적인데 향수는 특히 열이나 빛, 먼지에 약하단다. 휘발성이 강하기 때문에 뚜껑을 꼭 닫아두는 게 좋고 자주 여는 서랍장이나 자주 들고 다니는 가방 같은 데 두면 움직일 때마다 흔들리기 때문에 향수가 증발하게 돼. 가능하면 서늘한 장소에 보관하렴. 향수 고르는 것도 사용하는 것도 몇 번 하다 보면 익숙해져서 나에게 어울리는 향기를 잘 찾아낼 수 있을 거야.

인간의 감각 중에 가장 오래 남는 것은 후각이라고 하지. 사랑하다가 헤어지는 경우 가장 오래 남는 기억이 그 사람의 향기라고 하더구나. 그리고 그 사람에 대해 호감을 느끼게 되는 것도 후각이 많이 작용한다고 해.

너에게 맞는 향수를 잘 골라서 적절히 이용해보도록 하렴. 무엇보다 향수에 의존하지 말고 인간적인 향기를 풍기는 사람이 되라는, 뻔한 그러나 가장 중요하기도 한 엄마 잔소리 하나 보태본다.

> " 미술관, 음악회 갈 때
>   지켜야 할 에티켓이 있을까요? "

🥄 나는 네가 로맨티시스트로 살아갔으면 좋겠어. 바쁘게 일만 하는 게 아니라 종종 미술관도 가고 음악회도 찾아가면서 일상 속에서 멋을 누리는 사람 말야. 미술관과 음악회 갈 때의 에티켓도 몇 가지 체크해볼까?

어떤 다큐멘터리 프로그램을 봤는데 미술 작품 앞에서 사진을 찍으려다가 액자를 무너뜨리는 바람에 엄청난 배상금을 물어준 관광객이 있더구나. 미술관에 전시된 작품들은 너무나 중요한 작품들이고 고가인 경우가 많아. 만일 작품을 훼손하게 되면 돌이킬 수 없는 실수가 된단다. 절대로 만지면 안 되고 특히 촬영을 하다가 플래시 빛을 받으면 오염이 될 수도 있어. 전시품들은 온도나 습도에만 민감한 게 아니라 플래시 빛에도 예민하다고 해. 아름다운 작품들은 눈으로 감상하고 마음으로 느끼면 된단다. 하지만 꼭 사진으로 남겨야 하는 경우라면 직원에게 꼭 문의하고 찍어야 해.

같이 간 동행자가 있을 때는 감상평을 나누기도 하는데 작은 소리로 몇 마디 이야기를 나누는 것은 좋지만 큰 소리로 대화를 하는 것은 에티켓에 벗어나는 행동이야. 다른 사람들이 조용하게 관람하는 데 방해가 될 수 있거든. 휴대폰은 당연히 무음으로 해놓거나 꺼두렴. 진동 소리도 다른 사람에게는 크게 들릴 거야.

만일 가방이 무겁거나 큰 배낭을 메고 있거나 우산을 들고 있거나 하는 경우에는 물품 보관소에 맡기고 들어가는 게 좋아. 부피가 큰 소지품을 지니고 다니다가 부딪쳐서 작품이 훼손되기라도 하면 낭패란다. 미술관을 돌아다니기도 훨씬 편하고 말야. 신발도 가능하면 따각따각 소리가 나는 구두는 신지 않는 게 좋아. 어쩌다 보니 그런 신발을 신고 갔다면 발걸음을 조심조심 옮기는 게 좋겠지.

그리고 가이드라인을 정해놓은 곳도 있어. 잘 확인하고 가이드라인 안으로 들어가는 일이 없도록 주의를 기울여야겠지. 라인이 없다고 해서 너무 작품 가까이에서 감상하는 것도 에티켓이 아니란다. 다른 사람들과 함께 감상하는 거니까 사람들의 시야를 가리지 않는지도 신경을 써야 해.

물론 들어갈 때 입구에서 체크를 하겠지만 커피나 생수도 들고 가면 안 돼. 작품에 튀거나 쏟게 되면 큰일이니까. 간혹 가방에서 과자 같은 것을 꺼내 먹는다거나 껌을 씹는 사람도 보게 되는데, 아무리 조용히 먹는다고 해도 먹는 소리가 다른 사람의 귀에는 예민하게 들리니까 음식물은 절대 들고 가면 안 되겠지.

그리고 어떤 미술관은 관람 순서와 방향이 정해진 곳도 있어. 아무렇게나 다니는 게 아니라 지정된 순서로 관람해야 한다면 그 방향을 잘 체크하렴.

몇 해 전에 국립현대미술관 서울관에 전시를 보러 간 적이 있었는데 입구 한 쪽에 관람객들의 메모가 꽂혀 있는 걸 봤어. 아마 미술관 측에서 미술관 에티켓에 대한 행사를 했던 것 같아. 미술관 예절에 대해 각자의 생각을 적은 메모지였는데 이런 글들이 있었어.

* 나의 미술관 에티켓은 '천천히 감상하는 것'이다.
* 나의 미술관 에티켓은 '눈으로 귀로 진심으로만 느끼는 것'이다.
* 나의 미술관 에티켓은 '사랑'이다.
* 나의 미술관 에티켓은 '조용히 우아하게 보기'다.
* 나의 미술관 에티켓은 '전화는 밖에서 하기'다.

천천히, 조용히, 사랑하는 마음으로, 이 세 가지로 미술관 에티켓이 요약될 것 같구나.

이제 음악회 에티켓에 대해서도 이야기해볼게. 음악회

에 갈 때는 공연 시간을 꼭 지켜서 가도록 해. 공연 시작 30분 전에 도착해서 10분 전에는 입장해야 한단다. 음악회 옷차림은 꼭 정장일 것까지는 없고 관람하기 편한 복장이면 되지만, 움직일 때마다 바스락거리는 재질의 옷은 피하는 게 좋고 사람들 시야를 가리지 않도록 모자 같은 것은 안 쓰는 게 좋아.

그리고 미술 전시회 때와 마찬가지로 너무 큰 소지품이나 역시 바스락거리는 소리가 날 수 있는 쇼핑백 같은 것은 물품 보관소에 맡기는 게 좋단다. 공연장에 들어가고 나면 기침 날 때가 가장 난감한데 그럴 때는 껍질 없는 사탕(껍질 까느라 바스락거리는 소리를 내면 안 되니까)을 몇 개 준비해두었다가 임시방편으로 물어보면 어떨까.

무엇보다 휴대전화는 정말 정말 정말, 몇 번이나 강조해도 모자랄 정도로 완전히 꺼야 한단다. 엄마가 직접 겪은 것도 몇 번이나 돼. 공연할 때 연주자가 연주를 시작하려고 하는데 어떤 사람의 휴대폰 벨이 울렸거든. 그러자 연주자가 화가 나서 한동안 연주를 않고 가만히 있었던 적도 있어. 연주자가 연주를 멈추고 가만히 있는 그 시간이 어찌나 불편하던지. 그때 휴대폰 벨이 울린 그 사람은 어렵게 시간을 내서 먼 길을 달려와 음악회에 참석한 수많은 사람들과 연주자들 모두에게 씻을 수 없는 실례를 범하고 말았던 거지. 그리고 음악회 중간에 휴대폰을 확인하려고 잠시 켜는 것도 안 돼. 아무리 소리가 안 나도 켜는 순간 휴대폰에서 나오는 불빛은 생각보다 훨씬 심하게 다른 이의 시선을 강탈해간단다.

공연 관람 중에는 옆 사람과 대화하는 것도 주의해야 해. 본인은 소리를 작게 낸다고 생각할지 몰라도 음악에 집중하려는 사람들에게는 거슬리는 잡음일 수 있어. 그리고 무대 장치도 저작권 보호 대상일 수 있으니까 공연 시간이 아니더라도 공연장 안에서는 사진 찍는 것을 주의하렴. 드물게 촬영이 허락된 공연도 있는데, 그런 경우에도 다시 한 번 잘 체크해서 실수가 없도록 해야 한단다.

음악회 중에 박수 치는 타임도 알아두면 좋아. 미리 음악회장에 도착해서 프로그램 북을 구입해 곡목들을 살펴두면 실수를 막을 수 있는데 보통은 지휘자나 연주자가 입장할 때, 그리고 곡을 다 마쳤을 때 박수를 치는 거란다. 3~4악장으로 이루어진 곡을 연주할 때 악장 사이에 박수를 치는 것은 '진주 목걸이를 가위로 끊는 행위'에 비유할 정도로 금지하고 있어. 음악의 흐름을 끊어놓기 때문이야. 하지만 악장 사이의 박수를 좋아하는 연주자도 있다고 하더구나.

연주자들이 연주를 마치고 악기나 손을 내리거나, 성악의 경우 올리고 있던 손을 내리거나 연주를 마쳤다는 사인을 줄 때가 박수를 치는 순간이 아닐까 싶어. 박수 타이밍에 너무 신경 쓰며 긴장하지 말고 편히 즐기면서 객석이 박수 소리로 가득 찰 때 너도 힘차게 치면 될 거야.

악장이 다 끝나면 "브라보!"를 외치기도 하고 기립 박수를 쳐도 좋단다.

박수 에티켓에서 오페라는 예외야. 아리아 사이의 박수는 대환영, 연주가 끝나지 않아도 감동받을 때마다 맘껏 박수를 치면 돼. 그리고 연주가 끝나면 함성을 외치기도 하는데 한 명의 남성 연주자에게는 '브라보(Bravo)', 여성 연주자에게는 '브라바(Brava)', 여러 명의 연주자에게는 '브라비(Bravi)'를 외치면 돼. 연주를 다 마치고 나서도 세 차례 정도는 앙코르를 하기도 하는데 그때도 맘껏 환호하며 박수를 치렴.

음악회의 에티켓은 이 한마디로 정리할 수 있겠네. '침묵하라.' 부스럭거리는 소리, 대화 소리, 휴대폰 소리, 기침 소리, 눈치 없는 박수 소리…. 음악 외의 다른 소리들만 조심한다면 훌륭한 청중이 될 수 있단다.

" 호텔을 이용할 때
에티켓이 있을까요? "

🔹 언젠가 우리 가족이 여행 갔을 때 생각나? 네가 팁을 베개 위에 올려놓으며 그 나라 언어로 멋진 메모를 남기는 것을 보고 내가 엄지 척, 했었지. 얼마나 멋져 보이던지!

여행지에서의 호텔, 생각만 해도 설렌다. 여행은 꿈꾸는 것만 해도 설레잖니. 호텔 이용할 때, 특히 외국 출장이나 여행을 갔을 때 에티켓도 다시 한 번 챙겨보면 좋을 것 같구나.

여행지의 호텔은 미리 예약하면 끝이 아니고 며칠 전에 미리 예약을 확인하는 게 좋아. 만일 취소해야 하는 경우에는 하루 전부터는 취소 수수료를 부담해야 해. 미리미리 체크해두렴.

호텔을 선택할 때는 목적에 맞게 고르는 게 좋겠지. 관광이 목적이면 밤에 잠깐 나가서 가벼운 식사를 할 수도 있고 필요한 물건을 구입할 일이 있을 수도 있으니까 주변에 가게나 식당이나 펍이 있는 곳이 편리해. 그리고 장기출장을 가게 되는 경우라면 호텔 안에 오래 머물게 될 테니까 호텔의 편의 시설이나 호텔 내의 서비스 내용을 잘 보고 고르는 게 좋아. 여행이 목적인 경우에는 식당도 예약할 때 미리 체크해두렴. 한식당인지 양식당인지 뷔페인지 미리 알아두면 이용할 때 편할 거야.

베드 종류도 예약할 때 동행자가 있는 경우엔 꼭 체크해야 해. 1개의 큰 침대가 있는 방을 더블 베드, 2개의 작은 침대가 있는 방을 트윈 베드라고 하니까 동행자가 누구냐에 따라 잘 선택해야겠지.

체크인은 정오부터 시작되는 곳이 대부분이지만 간혹 시간이 다른 호텔도 있더구나. 밤 10시가 넘으면 체크인

시간이 마감되는 호텔도 많으니까 사정이 생겨서 너무 늦게 가게 되면 미리 호텔에 연락해서 늦겠다는 얘기를 해야 해. 간혹 예약이 자동으로 취소되기도 하는데 도착해서 얼마나 당황하겠니. 체크인과 체크아웃 시간은 가능하면 지키도록 하렴. 피치 못할 사정으로 제시간에 체크아웃을 못 하게 되면 프런트에 연락해서 허락을 구하는 게 에티켓이야.

호텔 안에서 일하는 분들은 룸서비스, 컨시어지, 도어맨, 벨스탭 등의 전문 인력들이 있어. 그들은 프로로서 자부심을 가지고 일하는 분들이야. 룸서비스는 룸까지 음식을 배달해주는 서비스를 하는 사람들이고, 컨시어지는 병원이나 교통편 등을 언제나 상담해주는 사람들이야. 안내 서비스라고 생각하면 되겠지. 도어맨은 호텔이나 시설의 문을 열어주는 분들이고, 벨스탭은 짐을 운반해주거나 룸까지 안내하는 분들인데 입구에서 대기하고 있다가 짐을 들어주셔. 짐을 들어주겠다고 하는데 거절하는 것은 예의가 아니란다. 그분에게는 중요한 업무니까 흔쾌히 맡기고 감사 표현을 하면 돼.

룸으로 들어가면 설비나 비품을 잘 체크하렴. 온수가 안 나온다거나 비품 중에 필요한 게 있을 때 점검하고 얘기를 해야 불편하지 않게 호텔 생활을 누릴 수 있어. 미니바나 냉장고에 있는 것은 사용료에 포함되는 거 알지? 무료라는 표시가 없는 것은 다 유료니까 명심할 것.

그리고 간혹 나라에 따라, 호텔에 따라 건식 욕실이 있어. 욕조나 세면대에만 배수구가 있고 바닥에는 배수구가 없는 곳을 말하는데, 그런 욕실에서는 특히 샤워할 때 밖으로 물이 튀지 않도록 주의해야 해. 샤워커튼을 욕조 안으로 넣어 사용하면 될 거야. 바닥에 배수구가 있다고 해도 가능하면 밖으로 물이 튀지 않도록 샤워커튼을 욕조 안에 집어넣고 사용하는 게 좋단다. 사용한 후에는 물론 청소해주는 분들이 계시지만 머리카락이나 세면대 정도는 정리를 하는 게 좋아. 동행한 사람이 나중에 쓸 수도 있고, 혼자 가더라도 정리하는 게 습관이 되면 좋지.

귀중품은 가능하면 객실에 두지 말고 호텔의 안전금고 보관서비스를 이용하도록 하렴. 또 객실을 비우고 외출하고 돌아올 때, 키를 프런트에 맡기고 가면 외출할 때 마음이 편안하더구나. 분실할까 봐 신경 쓰지 않아도 되니까. 특히 치안이 좋지 않은 나라에 갈 때는 외출할 때 키를 프런트에 맡기는 걸 권한다.

무엇보다 객실 밖으로 나갈 때 옷차림에 각별히 신경 쓰렴. 로비나 복도나 엘리베이터는 공공장소야. 더구나 품위를 굉장히 중요하게 여기는 호텔인 경우에 반바지, 티셔츠 차림에 슬리퍼를 끌고 다니거나 호텔 수영장을 이용하고 나서 수영복 차림으로 돌아다니는 것은 실례야. 편한 옷을 입더라도 깃이 있는 셔츠 정도가 무난한 것 같아. 엘리베이터나 복도에서 조용조용, 말투도 신경을 써야 하는 거고. 아무도 안 본다고 생각하지만 호텔에 종사하는 분들의 눈과 귀는 고객한테 늘 열려 있어. 매너를 지키는 손님에게 그들도 더 예의를 지켜 서비스를 제공할 거야.

나는 여행할 때 가장 설레는 일이 호텔 조식 뷔페를 이용할 때란다. 조식에 어울리는 깔끔한 옷을 입고 아침 일찍 들어서면 커피와 빵 내음이 풍겨오면서 아, 여행을 떠나왔구나 하고 가슴이 설레. 호텔 조식은 대부분 뷔페식인데 찬 음식에서 더운 음식, 디저트 순으로 먹을 만큼 적당히 담아서 먹으면 돼. 접시에 덜었던 음식을 다시 갖다 둔다거나 줄이 길다고 반대 방향으로 이동하는 것은 에티켓에 어긋나는 거야.

그리고 식사 후 그 자리에서 거울을 보면서 치아 상태나 외모를 점검하는 건 실례야. 나라에 따라 그런 행동을 극혐 하는 곳도 있으니 꼭 화장실에 가서 하렴.

팁은 나라마다 문화가 다르니까 미리 알아두고 가렴. 룸
서비스 할 때도, 짐을 들어주는 벨스탭에게도 팁을 준비
하는 게 좋아. 기본적으로는 방을 정리해주는 룸메이드
에게 주는 팁이 있는데 눈에 보이는 곳, 베개 위 같은 곳
에 올려두면 된단다.

앞으로 신혼여행 같은 설레는 여행도 계획할 날이 올 거
고 외국으로 출장 갈 일도 있겠지. 여행지에서의 내 행복
은 결국 내가 만드는 것, 당당하면서도 매너 있는 투숙객
에게 호텔은 최상의 서비스를 제공한다는 점, 명심하렴.

" 갑자기 조문을 가게 되면
어떻게 해야 할까요? "

갑자기 친구 아버지가 돌아가셨다며 전화로 너는 물었지. 조의금으로 얼마를 넣어야 할지, 문상은 어떻게 해야 하는 것인지, 조문 가는데 의상은 이대로 괜찮은 것인지. 그때는 워낙 급하게 전화로 몇 가지 알려줘야 했지만 에티켓은 알아두면 좋으니까 몇 가지 적어볼게.

조문할 때 의상은 검은색으로 입는 게 가장 좋지만 어두운 컬러의 단정한 의상이면 다 괜찮아. 갑자기 조문할 일이 생겼는데 입고 있는 옷이 너무 밝은 옷이면 조문한 후 상주에게 피치 못할 사정을 얘기해도 괜찮겠지. 너무 화려한 액세서리나 현란한 가방도 조문객의 복장에 맞지 않아. 혹시 양말을 신지 않고 나왔는데 갑자기 문상을 가게 된다면 편의점이나 마트에 가서 구입해 신고 가는 게 좋단다.

예전에 어느 원로 배우가 회고하는데, 남편 장례를 치를 때 어떤 분이 문상 와서 절을 하는데 발가락이 5개인 무좀 양말을 신고 왔더라는 거야. 슬픔에 잠겼다가 웃음을 참느라고 혼났다는 이야기를 들은 적 있어. 양말은 최소한의 복장 예의니까 가능하면 어두운 색상의 단정한 양말을 신고 가는 게 좋아.

문상의 차례는 나도 아직까지 헤맬 때가 있어. 빈소에 들어가면 우선 조객록에 서명을 하렴. 그리고 상주가 있는 분향소로 들어가면 향이나 국화가 놓여 있을 거야. 이 두 가지 중에 한 가지 택해서 하면 된단다. 분향할 때는 왼손으로 오른손을 받치고 오른손으로 향을 집어 불을 붙이면 돼. 향은 1개나 3개 정도 홀수로 집어서 불을 붙이고, 끌 때는 입으로 불어 끄지 말고 향을 가볍게 흔들거나 왼손으로 바람을 일으켜 끄렴. 그러고 나서 향을 꽂고 물러나서 절을 하면 돼.

만일 헌화를 하는 경우에는 꽃봉오리가 영정 사진 쪽으로 향하게 놓고, 물러나서 절을 하면 돼. 절은 두 번 올리고 목례 또는 반절을 하게 되는데 종교를 가졌을 경우에는 종교 의식에 따라 기도나 묵념을 하면 돼. 그런 후에 상주와 맞절 하고 애도의 말을 건네도록 해.

애도의 말은 어떤 게 좋을까? 나도 아직 그런 말을 자연스럽게 잘 못하는데 "얼마나 상심이 크십니까" "얼마나 마음이 아프세요" 정도의 말을 진심을 담아 전하면 되지 않을까. 적당한 말을 찾지 못할 때는 상주에게 진심을 담은 표정으로 마음을 전하는 것도 괜찮다고 봐.

그리고 장례식 입구에서 부의금을 전달하면 되는데 경사스러운 일에 내는 것을 축의금, 상가에 내는 것을 부의금 또는 조의금이라고 해. 봉투에는 '부의' '근조' 등의 문구를 쓰고 뒷장에 조문하는 사람 이름을 쓰면 돼.

장례식장에 가면 봉투가 다 준비되어 있지만 간혹 준비가 안 된 장례식장도 있으니 가능하면 미리 준비해서 가는 게 좋단다. 봉투는 단정한 흰색이 좋고, 안의 금액이 보이지 않게 하는 게 예의란다. 내부가 들여다보이는 얇은 봉투인 경우 조의금을 종이에 싸서 넣으면 되겠지.

부조금은 마음을 담으면 되는데 10만 원 혹은 홀수 금액을 하는 게 오랜 관행이야. 아마 홀수는 해를 뜻하고 짝수는 달을 뜻해서 양한 기운을 담는다는 의미에서 그렇게 하는 거 같아. 10만 원은 '3+7=10'으로 보는 거고. 그러나 더 하고 싶으면 그렇게 하는 거야. 정말 친한 친구거나 은혜를 많이 입은 분, 형편이 어려워 마음이 쓰이는 사람이라면 상황에 따라서, 그리고 네 형편에 따라서 금액을 정해서 정성껏 담으면 된단다. 중요한 것은 마음이니까.

그러고 나면 동행한 사람들이나 아는 분들과 함께 식사

를 하면 되는데 대화 중에 '호상'이라는 말은 가능하면 안 하는 게 좋아. 언제 어떻게 돌아가셨든, 상주들에게는 아픈 이별일 테니까. 동행한 사람들과 가능하면 조용히 대화를 나누며 식사하고, 술을 가볍게 마시는 것은 좋으나 조문객들끼리 술잔을 부딪치는 것은 실례란다. 특히 조문 가서 반찬의 간이 맞다, 안 맞다 하고 음식 평을 하는 것은 좋아 보이지 않더구나.

그리고 상주가 특별히 있어 달라고 부탁한 게 아니면 그렇게까지 오래 머물 필요는 없어. 상주와 함께 오래 자리를 지키는 것을 미덕이라고 여긴 적도 있었지만 요즘은 밤늦은 시간이 되면 조문객들을 귀가시키는 장례식장도 많아졌어. 가까운 지인의 상이라도 일단 귀가했다가 다음 날 이른 아침에 다시 가는 게 좋을 것 같구나. 물론 이 것도 상황에 맞게 하는 거야. 내가 꼭 필요한 자리겠구나 싶으면 상주 옆에 오래 머물러 줘. '자연스러운 게 가장 최선'이라는 것을 다시 한 번 강조해둔다.

문상이 자주 있는 일이 아니라 실수할 수도 있어. 상주 입장에서는 조문 오는 것만으로 감사할 거야. 절차 하나 하나에 너무 긴장하지 않아도 돼. 하지만 알아두면 자연스럽게 위로를 전할 수 있어서 좋겠지. 조문 에티켓은 네가 알아두면 좋은 것이지, 다른 사람에게 강요하거나 에티켓을 지키지 않는다고 흉보지는 마. 모든 에티켓의 기본은 결국 마음이란다. 마음을 다해 그때그때 상황에 맞게 임하면 그 진정성이 몸짓에, 표정에 스며서 그게 곧 에티켓이 되는 거니까.

결국 공감의 문제겠지. 슬픈 장소에 가면 진심으로 함께 슬퍼해주고 기쁜 장소에 가면 또 온 마음으로 함께 기뻐해주면 그게 최고의 에티켓이야.

PART 4.

성장과 성취

오늘보다 나은 내일

" 인생의 멘토는
          어떤 분을 두면 좋을까요? "

🍃 인생을 걸어가는 동안 내 길의 방향을 제시해줄 만한 롤모델이 혹시 있니? 없다면 일부러라도 꼭 만들어두렴. 차를 운전할 때, 특히 처음 가보는 길에는 내비게이션이 필요한 것처럼 인생의 길을 갈 때도 너의 앞길을 제시해 줄 내비게이션 같은 존재가 꼭 필요하단다.

멘토는, 네가 어떤 선택의 기로에 서 있을 때 너에게 진심으로 상담 상대가 되어주고 지도해줄 수 있는 사람을 말해. '멘토'라는 말은 그리스로마 신화에서 온 것인데, 오디세우스가 트로이 전쟁에 나가면서 친구인 멘토에게 어린 아들을 부탁하고 갔어. 그 아들에게 멘토는 훌륭한 스승이며 보호자가 되어주었지. 거기서 멘토라는 말이 나온 거야. 일본에서는 '사부(師父)'라고도 하고 이탈리아 에서는 '마에스트로'라고 불리기도 해. 영국에서는 길을 알려주고 이끌어주는 '가이드'로 쓰이기도 하지. 어떤 문제에 맞닥뜨렸을 때 그는 어떻게 행동할까, 이럴 때 그는 어떻게 위기를 극복할까, 내 문제의 답안지 역할을 하는 사람이 멘토야.

누구나 자신을 의외로 잘 모른단다. 너를 객관적으로 날카롭게 분석하고 어떻게 해야 할지 조언해주는 사람을 두면 네 발걸음이 훨씬 단단해질 거야. 너의 롤모델, 너의 멘토를 두는 일은 어쩌면 가장 중요하고 가장 서둘러야 할 일인지도 몰라.

이런 일화가 있어. "존경할 만한 사람을 친구와 동지로 두는 것은 성스러운 삶의 절반입니다." 제자가 이렇게 말했을 때 부처는 이렇게 말했어. "그렇지 않다. 존경할 만한 사람을 친구로 두는 것은 삶의 절반이 아니라 삶의 전부다." 그만큼 인생에서 중요한 일이 존경할 만한 나의 롤모델을 만드는 일이야. 어려울 때 조언을 구하는 대상은 능력 있으면서도 너를 이해해주는 분이어야 하겠지.

나에게도 인생의 멘토가 있단다. 드라마는 시청률이라는 게 나오기 때문에 시청률과 치열한 싸움을 벌여야 해. 그 압박을 뭐라고 표현해야 할까. 시청률이 안 나올 때는 정말 딱 죽고 싶다는 표현이 맞을 거야. 방송작가들의 스트레스 증상은 우울증에 소화불량, 불면증에 탈모 증세, 대인기피증에 무력감까지, 수를 셀 수 없을 정도야.

그런데 슬프고 힘들 때, 가짜 인맥은 사라지지만 진짜 인맥은 더 형성돼. 내 진짜 후원군을 가려낼 수 있는 거야. 나도 존경할 만한 선배님들을 두었는데 그중에서도 드라마 작가 이금림 선생님. 조용조용하신데 우아한 카리스마가 뿜어져 나오는 분이셔. 이금림 선생님은 내가 드라마 원고료를 받지 못해 힘든 날을 보내고 있을 때 아픈 몸을 이끌고 나를 위해 뛰어주셨어. 내 책을 읽고는 감동받았다며 따뜻한 밥을 사주시는 선생님. 그런 선생님이 곁에 계신다는 사실이 감사하고 행복해.

나는 이금림 선생님을 뵈면 저분처럼 나이를 먹고 싶다는 생각을 해. 그 어떤 상황에서도 품위를 잃지 않고 글을 쓰고 나날이 더 깊어가고 더 익어가는 인품을 지니고 싶어. 같은 길을 걸어가고 싶다는 생각이 들게 하는 그런 멘토를 너도 꼭 정하길 바래.

노벨 문학상 수상 작가인 《이방인》의 작가 알베르 까뮈는 그의 스승인 장 그르니에가 쓴 《섬》의 서문에 이렇게 썼어.

> 거리에서 이 작은 책을 펼치고 나서 겨우 처음 몇 줄을 읽어 보고 다시 덮고는 가슴에 꼭 끌어안고 아무도 보지 않는 곳에서 정신없이 읽기 위해 내 방에까지 달려왔던 그날 저녁으로 돌아가고 싶다. 나는 부러워한다. 오늘 처음으로 이 책을 열어 보게 되는, 저 알지 못하는 젊은 사람을, 너무나도 열렬히 부러워한다.

스승이 쓴 책을 설레는 마음으로 받아들고 그것을 읽을 기쁨에 취해 가슴에 싸안고 달려가는 제자, 거목이 될 제자를 한눈에 알아보고 그에게 꿈의 날개를 달아주었던 스승, 인간과 인간 사이의 만남 중에 이보다 더 멋진 게 있을까?

우리 민족의 영웅인 이순신에게도 그의 멘토인 류성룡이 없었다면 그 모든 게 가능하기 힘들었을 거야. 헬렌 켈러에게도 설리번 선생님이 있었어. 《데미안》에서는 싱클레어에게 데미안이라는 정신적 스승이 있었는데, 그들은 동급생이었어. 멘토는 나이를 떠나서 네가 존경하고 따라가고 싶은 사람이면 돼. 친구나 후배라도 인품이나 능력이나 인생에서 존경할 만하다면 네 멘토가 될 수 있겠지. 노벨 화학상을 수상한 라이너스 폴링도 이렇게 말했어. 내 멘토라면 어떻게 할지를 상상해보고 그분이 조언을 하고 있다고 생각하면서 아이디어를 생각했다고.

너도 마음에 떠오르는 멘토가 있을 거야. 그분에게는 항상 네가 먼저 수시로 연락하고 마음을 표현해야 해. 네가 먼저 그분의 손을 잡아드려야 그분도 너의 손을 잡고 이끌어주는 거란다. 나 역시 제자 중에서도 꾸준히 연락을 하고 나에게 관심을 보여오는 제자한테 한마디라도 더 조언해주고 제자의 앞길을 걱정해주고 신경 써주게 되더구나. 가만히 기다리기만 하면 그 누구도 너에게 손을 내밀어주지 않아. 너의 고민을 어떻게 먼저 알고 답을 주시겠니. 항상 여쭤보고 그분의 지혜를 구하며 그분처럼 걸어가길 바란다.

'세상 사람 그 누가 뭐래도 그의 인생 중간중간 색인표를 붙여서 그를 변명해주리라', 이런 사람이 있다면 이미 다 이룬 거나 같단다.

“ 성공하고 싶은데
어떻게 하면 될까요? ”

━ “아빠, 성공이 뭐야?” 어떤 아이가 아빠에게 물었대. 아빠가 이렇게 대답했어. “성공이란, 너 맛있는 거 매일 매일 사주는 거야.” 어느 청취자 문자였는데 그런 것이 성공이라면 정말 신나는 거 맞지? 내가 사주고 싶은 사람에게 마음껏 사줄 수 있는 것. 그런 것도 신나는 성공이겠지만 성공의 진짜 의미는, 내가 하고 싶은 것들을 하며 살 수 있는 것 아닐까.

네가 학교 다닐 때 언제나 운동했던 거 기억하지? 학교에서 짬을 내어 운동했던 이야기를 늘어놓을 때 넌 빛이 났어. 점심 때 일찍 밥 먹고 축구를 했다거나 탁구를 하고 학원 수업을 갔다거나 주말에 운동하면서 땀을 확 흘려서 기분 좋다거나 그런 이야기를 하면서 몸이 느꼈던 희열을 그대로 전해줄 때 네 얼굴에 웃음이 가득했어.

고등학교 때 공부하다가도 한 번씩 밖에 나가 교복이 땀에 다 젖도록 뛰고 나서 그 얘기를 신나게 할 때 넌 가장 돋보였어. 그런 의미에서 넌 학창 시절을 성공적으로 보낸 거 같아. 네가 만약에 좋아하는 운동을 하지 않고 책상에서만 앉아 있었다면? 그건 생각하기도 싫구나. 바로 그런 게 성공 아닐까. 네가 좋아하는 그 무언가를 하며 살 수 있는 것.

네가 언젠가 그랬지? "성공한 사람은 달라." 갓 들어간 회사에서 대표님을 보며 그런 생각이 들었다고. 90년대생이 그 팀에 들어오는 것을 알고는 90년대생을 이해하려고 90년대생에 대한 책을 읽고 있더라는 거야. 상사에게 잘 보이려고 하는 사람은 흔하지만, 새로 들어오는 신입사원을 이해하려고 그 세대에 대한 책을 읽는 상사. 후배 말대로 흔한 분은 아니야. 역시 성공한 사람들은 뭐가 달라도 달라. 엄마도 그런 생각이 들 때가 많았어.

예전에 우연히 큰 기업의 CEO를 만날 기회가 있었어. 대기업의 사장인데도 그렇게 편할 수가 없더라. 어깨에 힘이 하나도 들어가 있지 않았어. 그때는 학벌주의가 심하던 때였는데 그분은 명문대 출신이 아니었어. 믿는 배경이 없어서 열심히 일하셨대. 성공이라는 글자에 현미경을 들이대면 그 안에는 수없이 작은 실패가 개미처럼 기어 다닌다는 말이 실감이 났어.

높은 산을 정복한 산악인들도 산을 정복하기 직전의 느낌을 얘기하라면 모두 대답이 비슷하다고 해. 정신없이 올랐다고. 중간에 내려갈 수 없으니까 본능처럼 올랐다고. 다시 내려갈 수 없어서 열심히 하다 보니 오르게 되었다고. 어떤 일을 이룬다는 것은 처음엔 목표가 중요하지만, 어느 지점부터는 떠밀려서 열심히 할 수밖에 없으니까 그러다 보니 성취하게 되는 경우가 많은가 봐. 열심히 할 수밖에 없는 상황들, 견딜 수밖에 없는 현실. 숙제처럼 하는 일들이 나중에는 성공을 만드나 봐.

돈과 권력과 명성을 얻는 것만이 꼭 성공은 아니야. 고양이처럼 여유를 즐기며 살아도 소소한 일상이 행복하다면 그것 역시 성공이지. 세속적으로 성공이라는 것을 이루지 못한다고 해도 그것이 곧 실패는 아니야. 그래도 그 분야에서 성공한 사람들은 분명히 남과 다른 뭔가가 있을 거 같아. 그냥 평범하게 소소한 일상을 살아가는 사람 중에도 돋보이는 뭔가가 있었을 거야. 흔한 소들의 무리에서 눈에 띄는 보랏빛 소처럼 말야.

내 친구 중에 회사 대표가 있어. 어느 날 백화점 식품 매장에 갔는데 어느 아르바이트생이 너무나 열심히 제품을 설명하면서 팔더래. 마치 자기가 그 제품을 만든 사람처럼, 그 매장의 주인처럼 열심히 설명하고 고객을 성의 있게 대하는 모습을 보고 있자니 그 알바생이 그야말로 보랏빛 소처럼 보였대. 흔한 소들의 무리 중에서 단 한 마리 너무나 돋보이는 보랏빛 소!

어떤 일이 벌어졌는지 아니? 친구는 그 알바생을 정식 직원으로 채용했어. 학교를 졸업하고 마침 직장을 찾던 그 알바생은 우연히 이런 행운을 얻게 되었다고 너무나 기뻐했대. 그러나 그건 행운이 아니라 자신이 열심히 했던 일이 결과로 돌아온 거야. 수많은 사람들 중에서 돋보였던 거지. 사실 생각보다 돋보이긴 쉬워. 다들 열심히 하는 거 같지만 대부분은 그렇지 않거든. 적당히 남들 하는 만큼 하는 게 일반적이야. 그러다 보니 조금만 더 친절해도 눈에 띄고 뭘 하든 정성을 다해서 일하는 사람이 돋보인단다. 그건 언제든 드러나게 돼 있어.

어느 날, 패밀리 레스토랑에 갔을 때였어. 근데 그날 만나기로 한 분이 아이랑 같이 오고 있다는 거야. 그 아이에게 용돈을 주고 싶은 마음이 갑자기 들었어. 현금 지급기를 얼른 찾아야 하는 상황이었던 거지. 엄청나게 큰 식당이라 오가는 직원들이 많았는데, 가까운 은행이 어디 있냐는 내 물음에 다들 모른다며 고개만 흔들고 갔어. 그런데 어느 직원이 다가오더니 가장 가까운 은행을 알아 봤다며 나에게 말해주는 거야. 그 잠깐의 순간에 그가 그 넓은 공간에서 가장 빛나는 보랏빛 소로 보이더구나. 그 직원은 뭔가 달랐어. 남에게 도움을 주려는 그 마음. 그 는 분명히 성공할 거야. 그런 사람이 성공한다면, 성공이 라는 게 공정한 거겠지?

너도 나를 감동시킨 일이 있었지. 고3 때 수능을 한 달 앞둔 넌 아침 5시 30분이면 집을 나섰어. 비가 오나 바람 이 부나 그 시간이면 꼭 나가서 걷다 들어왔어. "왜 5시 30분이야?"라고 묻자 네가 그랬지. "깬 지 3시간이 돼야 머리가 명료하다고 해서 시험 보기 3시간 전에는 깨어 있으려구요." 그렇게 꼬박 한 달을 단 하루도 거르지 않 고 아침 산책을 나가는 너를 보며, 난 네가 보랏빛 소처 럼 보였단다.

세상에서 가장 먼 거리가 머리에서 가슴 사이라고 하잖

아. 말로는 하기 쉬워도 느끼기까지가 힘들다는 얘긴데 넌 해야 할 일을 깨닫고 또 실천까지 했어. 바로 그게 성공의 토대가 아닐까. 너의 그 실천을 보며 '리스펙트!' 소리가 가슴에서 절로 나오더구나. 이불 속에 있을 때의 유혹을 물리치기 정말 힘들거든. 아침을 일찍 시작하는 사람은, 긴 하루를 선물로 받는다. 아침에 받는 세로토닌은 은총과 같고 자비의 샘물과도 같아.

뭔가 이루고 싶다는 생각이 들면 네가 고3 때 수능을 앞두고 산책하던 순간들을 잊지 말렴. 네가 만들어냈던 그 아침의 기운으로 네가 원하는 점수를 얻은 것처럼 네가 그때그때 얻고 싶은 것을 얻게 해줄 거야. 이루고 싶은 것을 이루는 큰 실마리가 돼줄 거야.

무엇이 성공인지 모를 때는 랄프 왈도 에머슨의 이 시를 읽어보렴.

무엇이 성공인가?

자주 그리고 많이 웃는 것,

현명한 이에게 존경을 받고

아이들에게서 사랑을 받는 것,

정직한 비평가의 찬사를 듣고

친구의 배반을 참아내는 것,

아름다움을 식별할 줄 알며

다른 사람에게서 최선의 것을 발견하는 것,

건강한 아이를 낳든, 한 뙈기의 정원을 가꾸든

사회환경을 개선하든

자기가 태어나기 전보다 세상을 조금이라도

살기 좋은 곳으로 만들어놓고 떠나는 것,

자신이 한때 이곳에서 살았음으로 해서

단 한 사람의 인생이라도 행복해지는 것,

이것이 진정한 성공이다.

정연

“돈을 어떻게 벌고
어떻게 쓰는 것이 좋을까요?”

돈은 정말 신기한 거란다. 생명체 같은 거야. 돈을 귀하게 여기고 대접하면 돈은 그런 사람 가까이에 머물고 싶어 해. 그런데 돈을 함부로 막 대하거나 무시하면 돈은 그런 사람 곁을 벗어나려고 해. 똑같은 조건에서 일한 후배 작가들이 있어. 둘은 비슷한 상황에서 출발했지. 근데 A 작가는 일한 지 3년 만에 6,000만 원을 모았다고 했어. B 작가는 통장에 10만 원도 없다는 거야. B에게 그 돈을 다 어디 썼냐고 하니까 모르겠대. 택시도 타고 맛집도 다니고 옷도 사고 그러느라 늘 모자랐다는 거야.

그런데 A는 받는 돈의 70퍼센트를 저축했대. 나머지 30퍼센트만 썼다는 거야. 너무 놀랐어. 믿을 수 없어 하는 나에게 A가 이러더군. “돈이 참 신기한 거예요. 더하기로는 설명할 수 없어요. 모으는 사람에겐 덧셈만 하면 있을 수 없는 금액이 통장에 선물처럼 오기도 해요. 저는 돈만 생기면 통장에 넣어놨어요." 그런가 하면 B는 이렇게 말했어. "돈은 썼지만 후회 없어요. 쓴 만큼 저는 먹기도 하고 입어도 보고 또 경험한 거잖아요. 후회 안 해요. 근데 앞으로는 돈을 모으고 싶긴 해요. 이렇게 계속 쓰기만 하다가는 언젠가 빈 통장에 큰 후회를 할 거 같거든요."

누가 옳다 그르다를 말하려는 건 아니야. 자신이 선택해 나가야 되겠지. 단, 돈에 대해서는 확실한 가치관을 갖고 살아가는 게 좋겠어. 누구나 돈을 좋아하지만 또 한편으로는 부정적인 느낌도 공존하긴 해. 엄마도 예전엔, 돈을 우선시하는 사람들에 대해 세속적이고 계산적이라는 편견이 있었어. 그러나 어느 순간 깨달았어. 돈이 단순한 사물이 아니라는 것을.

돈에 대해 네 외할아버지가 하신 얘기가 있어. "돈이 더럽다고 생각 마. 그러면 돈이 다가오지 않아. 돈 욕하지

마. 돈이 세상을 바꿔놓는 거야. 돈이 있어야 인생을 바꿀 수도 있는 거야." 외할아버지의 그런 얘기를 들으면서도 나는 부정적이었어. 내가 아버지보다 어머니의 유전자를 더 받은 것일까. 언제나 비우려고 하고 무조건 주려고만 하는 외할머니의 유전자 말야. 돈에 가까이 가기보다 돈이 오면 그것을 그냥 빨리 분산하기에 바빴어. 그러니 모아지지가 않더라. 그러다 어느 순간 깨달았어. 이대로는 안 되겠다.

외할아버지가 또 하신 말씀이 있어. "1,000원 무시한 사람은 1,000원 때문에 울게 된다." 그 얘기가 정말 나에게 와 닿은 적이 있었어. 그 후로는 '벌 날은 짧고 쓸 날은 길다'는 생각이 닿아오면서 나도 내 노동의 대가로 들어오는 소중한 돈을 잘 간직하고 모아서 위기 상황을 위한 준비도 해야겠다고 생각했어. 돈 버는 건 기술, 돈 쓰는 건 예술이라고 하는데 이젠 돈 모으는 기술과 예술을 다 써보고 싶은 거야. 작은 돈은 손발이 벌고, 큰돈은 하늘이 벌어준다는 말에 동의하며 일단 작은 돈이라도 노력해서 모아보자, 그 생각이었지.

금융에 대해서 한 획을 그은 분이 그런 조언을 해주셨어. 우주의 법칙에 맡기라고. 주식도 어떤 종목이 아니라 그냥 그 시장을 통째로 사라고. 시장은 전쟁에도 살아 있으니 시장을 사서 오래 묵혀두는 것이 좋다는 거야. 그리고 지인이 얘기해준 워렌 버핏 투자 원칙 3가지를 명심하기 시작했어. '첫 번째, 원금을 잃지 말아라. 두 번째, 첫 번째의 원칙을 잊지 말아라. 세 번째. 첫 번째와 두 번째의 원칙을 잊지 말아라.'

이런 기교는 사실, 시대에 따라 흘러가고 또 변해. 왜냐하면 돈은 생명체처럼 움직이고 시장도 역동적이니까. 돈에 대한 조언을 해주던 지인이 나에게 어느 날 책을 권했는데 그 책 속에, 내가 생각하고 있던 돈에 대한 막연한 가치가 너무나 명확하게 정리돼 있어서 감탄했어. 주위 많은 사람에게 선물하고 추천도 한 책이지. 그 책은 김승호가 쓴 《돈의 속성》이라는 책이야. 이 책에서 내가 밑줄 그은 부분을 공유하고 싶구나.

돈을 너무 사랑해서 집 안에 가둬놓으면 기회만 있으면 나가려고 할 것이고 다른 돈에게 주인이 구두쇠니 오지 마라 할 것이다. 자신을 존중해주지 않는 사람을 부자가 되게 하는 데 협조도 하지 않는다. 가치 있는 곳과 좋은 일에 쓰인 돈은 그 대우에 감동해 다시 다른 돈을 데리고 주인을 찾을 것이고 술집이나 도박에 자신을 사용하면 비참한 마음에 등을 돌릴 것이다.

너무나 공감 가는 대목이라 색연필로 밑줄을 그었어. 난 평소에, 돈은 연애와 같아서 너무 조바심을 내서 쫓아가면 뒤로 슬슬 내뺄 것이고, 존중해주면 마음을 움직여서 다가온다는 걸 느꼈는데, 이 책에서는 돈을 우정으로 비유했더구나.

돈은 감정을 가진 실체라서 사랑하되 지나치면 안 되고 품을 때 품더라도 가야 할 땐 보내줘야 하고 절대로 무시하거나 함부로 대해서는 안 된다. 오히려 존중하고 감사해야 한다. 이런 마음을 가진 사람에게 돈은 항상 기회를 주고 다가오고 보호하려 한다. 돈은 당신을 언제나 지켜보고 있다. 다행히 돈은 뒤끝이 없어서 과거 행동에 상관없이 오늘부터 자신을 존중해주면 모든 것을 잊고 당신을 존중해줄 것이다. 돈을 인격체로 받아들이고 깊은 우정을 나눈 친구처럼 대하면 된다. 그렇게 마음먹은 순간, 돈에 대한 태도는 완전히 바뀌기 시작한다. 작은 돈을 절대로 함부로 하지 않게 되고, 큰 돈은 마땅히 보내야 할 곳에 보내주게 된다. 사치하거나 허세를 부리기 위해 친구를 이용하지 않고 좋은 곳에 친구를 데려다주려 할 것이기 때문이다. 내가 돈의 노예가 되는 일도 없고 돈도 나의 소유물이 아니므로 서로 상하관계가 아닌 깊은 존중을 갖춘 형태로 함께하게 된다. 이것이 진정한 부의 모습이다.

부자가 되는 길. 그것은 돈에 대한 존중부터 시작해야 한다는 말. 너도 공감하지? 돈을 친구로 여기고 소중한 절친 삼는 건 좋으나 돈을 숭배해서는 안 된다는 말에 밑줄 좍좍 그었어. 살다 보면 주위에 돈 돈, 하며 오로지 돈 모으는 것에만 즐거움을 느끼고 남을 위해서 지갑 여는 일은 공포나 스트레스로 여기는 사람들을 보게 될 거야. 내 주위에도 그런 사람이 몇 있었어. 돈을 숭배하듯이 모아두고 절을 하는 느낌 말야.

어느 순간, 그런 사람들의 공통점을 발견하게 됐어. 돈이 안 새어나가게 꽉꽉 둑을 막아놓고 사는 사람들인데 언젠가는 꼭 가족이나 누군가가 그 둑을 무너뜨린다는 공통점이 있었어. 한 푼도 안 쓰고 모으며 남을 위해서는 자판기 커피 한 잔도 안 사던 사람은, 결국 가까운 누군가에 의해서 그 둑이 무너져서 돈이 다 쓸려 내려간다는 것. 그런 것을 지켜보며 안타까워하면서도 '너무 돈에 숨 쉴 구멍을 안 준 것 아닌가' 하는 생각도 하곤 했어.

그렇다고 돈을 마구 써야 돈이 들어온다는 뜻은 아니야. 돈이라는 물적 토대가 나를 자유롭게 해주고 또 돈을 예술적으로 잘 쓰는 재미도 느껴보는 게 중요하다는 거지. 너는 가족들에게, 또 후배들에게 맛있는 것을 사줄 때 행복하다고 했지? 그러기 위해서 돈을 번다고. 바로 그거야. 좋은 일에 돈을 쓰는 순간, 통장 잔액은 줄지만 그 돈으로 지불한 소중한 가치들이 있는 거지. 돈 부자도 좋지만 사람 부자, 행복 부자가 동시에 돼야 하는 이유가 바로 거기에 있는 거야.

나도 내가 좋아하는 빵을 살 수 있는 돈이 참 고맙다. 우리, 돈을 존중하고 잘 대접하면서 잘 모아보자. 그리고 그 돈을 벌게 해주는 노동에 대해서도 귀하게 여기고 감사한 마음을 갖자.

" 말을 잘하는
특별한 방법이 있나요? "

특목고에 입학한 어떤 아이가 1학년 반장으로 뽑힌 얘기를 어떤 학부모로부터 전해 들었어. 다른 애들은 유세를 열심히 준비해서 했다는데 그 아이는 몇 마디 안 하고 당선이 됐다는 거야. 반장 선거 하기 전에 담임선생님께서 이런 말씀을 하셨대. "반장 하면 잃을 것이 많다."

그 후에 유세가 시작됐고, 그 아이는 선생님이 아까 한 말을 바로 인용하면서 "저는 사실 잃을 것도 없습니다. 입학할 때 성적도 꼴찌인 거 같구요. 더 이상 잃을 것이 없으니까 제가 적임 아닐까요?" 이런 식으로 했다는 거야. 열 명이 반장 선거에 나왔는데 그 우수한 학생들을 제치고 그 아이가 반장이 된 이유가 바로 그거였어. 자신을 낮추면서 그리고 바로 앞에 한 선생님의 말을 이어받아서 현장의 분위기를 살려서 한 말이 울림이 컸다는 것. 물론 그때 한 말이 진심이기도 했고. 현장에서 하는 말은 활어 같아서 훨씬 더 큰 울림을 주는 것이 사실이야. 준비한 말만이 아니라 그 자리의 얘기를 붙인다면 훨씬 공감이 클 거야.

설득하고 싶을 때는 두괄식 표현이 좋아. 앞에서 일단 결론부터 말한 뒤에 풀어가는 거 말야. 나도 기획을 설명해야 할 때가 있어. 그럴 땐 우선 짧은 한 줄로 선명하게 얘기한다. 어떤 기획인지 한 줄로 확 들어오게. 그런 다음 서너 줄로 설명을 붙이고 상대가 더 들을 용의가 있어 보이면 쭈욱 풀어간다. 바로 이게 내가 붙인 '1, 4, 7의 법칙'이야. 1줄로 먼저 설명하고 4줄로 풀어서 이해시키고 7줄로 더 자세히 얘기하기.

준비된 말주머니와 두괄식의 전개와 짧은 문장으로 얘기하기. 그리고 연습하고 또 연습하기. 거기에다 현장 센스를 더 넣어서 말하기. 이러면 점점 말하기를 즐기게 될지도 몰라.

> " 면접을 잘 보려면
> 어떻게 해야 할까요? "

🔸 제자 겸 한 후배가 어느 날, 면접을 보러 왔다고 찾아왔어. 한 시간 정도 여유 있다며 내 기를 받고 싶다며 커피 한 잔 사달라는 거야. 그 말이 어찌나 반갑던지 생방송 끝나자마자 바로 로비로 달려갔어. 그날 후배는 교양국 작가 면접을 보러 왔대.

손에 잔뜩 두꺼운 파일이 들려 있길래 뭐냐고 했더니 그동안 그 프로그램에서 다룬 이슈들이라는 거야. 홈페이지에 다 들어가서 보고 그 어떤 것들을 질문해도 바로 대답할 수 있을 만큼 프린트까지 해서 봤다는 거야. 놀라운 것은 그 프로그램 피디와 작가들 이름까지 다 외웠대. 요일 단위로 진행하는 프로그램이라 피디와 작가들 이름을 다 합하면 30명이 넘는데 그 이름을 다 외웠다니 놀라웠어. 그 후배는 다음 날 이런 문자를 보내왔어. '선배, 저 합격해서 다음 주부터 출근해요. 이제 같은 엘리베이터 타겠네요. 구내식당에서도 마주치겠네요. 기뻐요.' 이 후배를 보면서 역시 면접 시험은 얼마나 간절하게 준비하느냐에 달려 있다 싶었어. 이 자세라면 앞으로 다룰 어떤 소재도 해내겠구나 하는 신뢰감을 준 거지.

면접 볼 때 일단 잘난 척하는 사람은 비호감이야. 잘난 척하는 지원자에겐 면접관이 오히려 어려운 걸 물어보게 된대. 반대로 귀엽고 솔직하면 잘해주고 싶어서 쉬운 문제를 물어보게 돼. 면접은 잘난 사람을 뽑는 게 아니라 거기에 필요한 사람을 뽑는 자리야. 잘난 순으로 되는 건 아니거든. 이 자리에 와서 오래 자리를 잘 지켜줄 사람을 선호하게 돼. 면접에서 떨어졌다고 '내가 못나서 그런가?'라고 생각하는 건 오산이야. 너무 잘나서 떨어지기도 해.

우리들과 잘 어울릴 사람, 물에 뜨는 기름이 아니라 물같이 잘 스며들 사람, 그러다 보니 성격 좋은 사람이 유리한 편이야. 성격 좋다고 해서 외향적인 사람을 얘기하는 건 아니야. 인화(人和)를 잘할 사람, 소통할 줄 아는 사람, 뭘 원하는지 알아내는 감각이 있어 보이는 사람, 이런 사람을 선호하게 돼. 면접 봤다 하면 올킬인 사람들은 저마다 말해. 잘난 척보다 호감을 주라고.

그리고 이 사람은 아주 성실하게 잘 따라줄 것이라는 신뢰감을 주는 것. 일만 뛰어나게 잘할 사람이라는 인상은 오히려 위협감을 줄 수 있으니 그보다는 성실하게 우리들을 잘 뒷받침해줄 것이라는 믿음. 게다가 이 사람이 우리 조직에 들어오면 혼자 튀는 것이 아니라 융화하면서 신선한 흥미를 줄 거 같다는 느낌. 이것이 플러스 점수를 받을 거야.

내가 아는 분은 면접 심사위원으로 들어갔는데 어느 지원자가 커다란 벤티 사이즈의 아이스 음료를 들고 들어오더래. 빨대 꽂은 그 음료를 면접장에 들어오면서도 쭉쭉 빨더래. '아메리칸 스타일이네'라고 느끼며 면접을 봤는데 정말 미국에서 살다 왔고 성격이 쾌활하더래. 그래서 통 크고 너그럽게 면접 점수를 A로 주고 끝났는데, 나중에 화장실 가면서 보니까 여자 화장실 앞에 바로 그 벤티 사이즈의 음료를 남긴 채로 버려놓고 갔더라는 거야. 그걸 보고는 얼른 돌아가서 면접 점수를 A에서 D로 고쳤다고 하더구나. 자기 인성이 드러나는 사람들은 이렇게 면접에서 최하 점수를 받아.

면접 점수는 자기소개서와 잘 맞을 때 호감이 가거든. 자기소개서에 쓴 내용이 막상 면접해보니 영 맞지 않을 때는 감점하게 되더라고. 자소서(자기소개서)를 자소설처럼 써도 안 되는 게 바로 그 이유야. 면접에서 다 드러나게 돼 있으니 실제로 겪은 것을 진정성 있게 쓰는 게 좋아.

면접에서 자꾸 떨어진다면 왜 그런지 생각해보자. 면접 보러 들어갔을 때 눈빛을 심사위원들에게 고정하고 생기 있는 눈빛을 보여주면 좋아. 오디션에서도 결국 그 사람의 눈빛에 심사위원들의 점수가 움직이거든. 자신감이 없는데 어떻게 눈빛을 바꿔? 응, 바꿀 수 있어. 가장 큰 자신감은 연습에서 나오는 거 알지? 어떤 질문이 나와도 대답할 수 있는 저력! 그건 연습에서 나와. 실제로 면접 장소인 것처럼 영상도 찍어보면서 객관적으로 내 모습을 보며 수정도 하는 거야.

아무리 세월이 흘러도 변하지 않는 진리가 있어. 면접 보는 인생 선배들의 입가에 웃음이 걸리게 하는 건 면접장에서의 승리의 법칙이다. 열심히 일할 것이라는 확신을 주면 유리하거든. 이 후배가 들어오면 내가 편해지겠구나, 이 조직이 재미있어지겠구나 하는 기대를 주는 거지. 젊은 나이에 열심히 해보겠다고 하는 사람을 보면 정말 귀, 하, 고, 귀, 엽, 다!

" 상사의 마음에 들려면
          어떻게 해야 할까요? "

어느 회사 상무님에게서 들은 얘기야. 팀원들과 점심 먹으러 갈 때 꼭 직원들에게 물어본대. "오늘은 순댓국 먹으러 가는 게 어때?" 그러면 대부분은 그냥 고개를 끄덕이는데 한 직원이 늘 이렇게 대답한대. "좋죠! 좋아요~" 어쩌다 색다른 메뉴를 얘기하며 그런 것도 먹을 수 있냐고 물으면 그 직원은 이렇게 대답한대. "없어서 못 먹죠~" 밥을 같이 먹으러 갈 때 그 직원 덕분에 발걸음이 가볍대. 어쩜 저렇게 밝게 잘 자랐을까 싶고, 편식도 없고, 자기주장도 아주 밝게 표현하고. 이렇게 같이 일하는 후배 직원이 스스럼없이 대해주면 상사도 감동한단다. 내성적인 직원의 경우는, 묵묵히 일하다가도 가끔 보여주는 미소, 그게 그렇게 이쁘다고 한다.

상사는 사실 그곳에서 가장 외로운 존재거든. 내가 예전 직장에서 팀장을 했을 때, 그때만큼 외로운 적은 없었어. 점심시간이 되면 직원들끼리만 점심을 먹으러 나갔어. 나 혼자 텅 빈 사무실에 앉아 있었지. 왠지 점심 먹으러 간 직원들이 내 욕을 할 거 같았고. 그러던 어느 날, 한 직원이 그러는 거야. "팀장님도 같이 식사 가실래요?" 그 말이 어찌나 반갑고 고맙던지. 내 경우엔 직원들이 똑똑한 것보다 귀여움이 반가웠어. 똑똑함이란, 오만과도 연결이 돼서 얄미울 때가 많거든. 상사에게도 말 시켜주고 대화에도 끼워주는 식원 말야. 그 사람 입장에 서서 일처리를 해주고, 내색하지 않고 상사 면을 세워주고 높여주고 그런 직원이 있다면 마음으로 업어주고 싶지.

물론 일 잘하는 직원이야 당연히 예쁘지. 상사 면까지 세워줄 만큼 일을 잘하는 직원. 절대 빼앗기고 싶지 않은 보배지. 그러나 설령 실력이 다소 흡족하지 못해도 노력하는 후배는 곁에 두고 싶어. 노력하는 모습도 귀여우니까. 그 노력은 내 인생에 빛을 주는 중요한 토대가 돼주기도 한다. TV 예능 프로그램에 어떤 직장인이 나왔는데, 상사에게 잘 보이는 법에 대해서 "까라면 까는 척이라도 한다"라고 표현하더구나. 상사가 하는 말에 반대하거나 문제 제기부터 하지 않고 우선은 그걸 인정하는 말을 하고 나서 "그리고~"로 자기 의견을 얘기한다는 거야.

상사들이 가장 싫어하는 것은 앞에서 얘기하지 않고 몇미터 뒤에서 자기 얘기를 하는 거래. 복도 저 너머 5미터 앞에 있는 것을 모르고 상사 욕을 했다가 계속해서 그 상사와 부딪쳐서 회사를 나온 사람도 봤어. 내 뒤에서 험담하는 것만큼 기분 나쁜 건 없어. 회사엔 꼭 스피커 같은 사람들이 있어. 상사 얘기를 하면 다른 건 빼고 꼭 나쁜 얘기만 전하는 사람. 그런 스피커들 앞에선 되도록 좋은 얘기만 해야 해.

사회가 그런 거 같아. 약삭빠르고 이기적인 사람이 이기는 듯하지만 결국은 선한 사람이 끝에 가서는 웃게 돼 있어. 인간관계의 황금률은 직장에서 더욱 통용이 돼. 상대

입장에서 듣고 싶은 말이 어떤 건지, 해주면 좋을 일들이 어떤 일인지 역지사지로 생각하고 행동해준다면 내가 아끼는 직원 1호가 될 거야. 상대의 입장에서 생각해보는 '역지사지'가 '좌지우지'보다 훨씬 나은 최고의 처세법이야.

" 라이벌이 왜

고마운 존재일까요? "

엄마는 노래를 좋아해서 그런지 오디션 프로그램을 거의 다 챙겨보는 거 너도 잘 알 거야. 오디션 프로그램에서 혼자만 노래를 잘하는 사람도 있고 같이 부를 때 더 빛을 발하는 사람도 있어. 함께 부르는 미션이 주어질 때 어떤 사람은 나와 맞지 않는 사람과 팀이 됐다며 계속 투덜대는 사람이 있고, 어떤 사람은 맞지 않는 사람이 있다고 해도 몇 번이고 서로 맞춰가며 조화를 이루려고 노력하는 사람도 있어.

경쟁자와 마주칠 때도 마찬가지야. 어떤 사람은 경쟁자를 견제하고 미워하는 걸로 에너지를 다 써버리고 어떤 사람은 경쟁자를 존중하며 시너지 효과를 내는 사람이 있지. 나보다 잘하는 경쟁자를 내가 힘을 낼 수 있는 에너지로 삼으면 될 텐데 주눅이 들어 패배를 먼저 인정해버리는 사람도 많이 보여. '살리에르 증후군'이라는 말이 괜히 나온 게 아니더구나. 탁월하게 뛰어난 1인자를 보면서 2인자로서 열등감이나 무력감을 느끼는 현상 말야. 그렇지만 어디서 무슨 일을 하던 경쟁자가 있다는 것은 참 좋은 일이야. 그러니 경쟁자를 두려워할 게 아니라 경쟁자를 항상 만들어두는 습관을 갖도록 하렴. 경쟁자가 도대체 뭐가 좋은 것이냐고?

아마 정치권에서 하는 '相生(상생)'이라는 말을 많이 들어봤을 거야. 상생은 한마디로, 일방통행이 아닌 쌍방통행의 의미란다. 내가 살아야 네가 살고, 네가 살아야 내가 살아가는 '함께 살기', 그게 상생인 거야. 진정한 경쟁이란, 나 혼자 살겠다는 이기심이 아니야. 경쟁자에게 내 것을 주고 협력함으로써 더 큰 것을 얻는 것, 그것이 진짜 경쟁이란다.

한때 탈냉전의 기류를 타고 세계적으로 '공생'이라는 말이 유행했던 때가 있었어. 적자생존의 피비린내 나는 밀림의 법칙이 아니라 서로 도와가며 공존하는 자연의 현상에 더 주목하게 된 것인데, 알고 보면 밀림의 세계는 평화와 생명이 화음으로 울려 퍼지는 오케스트라의 연주장과 같다는 거야.

공생 체계에 살고 있는 동물들이 많아. 악어와 악어새가 유명하고, 기린과 찌르레기도 잘 알려진 공생관계란다. 기린은 목이 길기 때문에 목이나 몸에 붙어 있는 진드기 같은 기생충을 잡을 수 없는데, 그것을 찌르레기가 잡아준대. 물론 그냥 봉사하는 것이 아니야. 찌르레기에게 기린은 움직이는 목장이야. 기린은 먹이의 공급원, 찌르레기는 반가운 청소부, 이렇게 서로 공생관계를 맺고 살아가는 거지.

식물과 동물 사이에도 공생관계가 있는데, 야자나무는 씨 뿌리기의 주역으로 믿음직한 코끼리를 선택해. 초원과 늪을 널리 돌아다니는 코끼리를 이용해서 씨를 퍼뜨리는 거지. 그렇게 적대 관계에 있는 것처럼 보이지만 서로 공생관계에 있는 동물과 식물은 참 많아. 서로 조화를 이뤄가며 도와가며 윈윈 하는, 서로 살고 서로 이기는, 그런 상황을 만드는 것은 얼마나 멋진 일이니.

나도 언제나 경쟁을 해야 하는 직업을 가지고 있는데 나보다 더 잘되는 사람을 한 번도 질투한 적이 없어. 특히 친한 작가들이 잘되면 진심으로 물개박수 쳐주며 축하해주게 되더구나. 네 주변에서 잘되면 그 햇살이 너에게도 비추는 경험을 많이 하게 될 거야. 경쟁자가 잘되면 너도 잘되는 거야. 경쟁자를 바라보면서 나도 힘을 내게 될 테니까.

라이벌의 어원은 '강'에서 나왔다고 해. 물과 물이 연결되듯 서로 연결되어 흐르는 관계, 그것이 경쟁자야. 경쟁자는 곧 조력자이며 동지임을 기억하렴. 그리고 항상 마음속에 나보다 좀 더 나은 사람을 라이벌로 정하렴. 그를 이기기 위해 노력하다 보면, 내가 발전하게 된단다. "아이 러브 라이벌!" 경쟁자에게 마음으로 늘 말하자.

" 실수했을 땐

어떻게 대처해야 해요? "

정신없이 살다 보면 크고 작은 실수들을 하게 돼. 일할 때 앞이 안 보이고, 뭘 놓치고 있는지 생각할 여유가 없다 보니 메모로 실수를 줄이려 해. 기억보다 기록이 정확하다는 생각에 늘 기록하고 메모하고 전화번호를 저장할 때도 확인, 또 확인하지. 그래도 실수는 터지게 돼 있어. 왜? 인간이니까. 실수했을 때 그렇게 자신에게 말해줘. 내가 왜 그랬지? 인간이니까!

어떤 연기자는 탤런트 시험 보는 날, 밤에 잘 자려고 아로마 촛불을 켜고 잤는데 그게 엎어져서 글쎄 눈썹이 타버렸대. 순식간의 일이라 너무 황망했대. 여배우가 되고 싶어서 시험을 보러 가는데 눈썹이 다 타버렸다니. 갈까 말까 고민하다가 용기를 내서 달려갔대. 그리고 솔직히 말했대. "제 눈썹이 오늘 다 타버렸는데요…"라며 숨김없이 말했대. 그런데 그게 굉장히 인상적이었나 봐. 결국

합격했으니 말야. 실수는 인정만 잘하면 좋은 결과로 이어지기도 한단다.

실수는 주로 입과 손으로 하게 돼. 나도 모르게 나온 말이 상대에게는 독화살이 될 수 있어. 용서할 수 없는 말이 돼서 오래오래 아프게 할 수 있고 화나게 할 수도 있어. 그럴 땐 무릎 꿇고 빌어야지. 실수를 저질러놓고 사과하지 않는 사람은 법으로도 더 큰 벌을 받는대. 만약 어쩔 수 없는 실수를 저지른 거라면 어서 잊어버리는 게 좋아. 세상이 너에게 그렇게 관심이 많지 않아. 웬만하면 너의 실수에 대해서도 그리 오래 관심을 두지 않지.

너무 힘든 일을 겪은 어느 연예인이 죽고 싶다고 하자 한 변호사가 그렇게 말했대. "3개월이면 잊혀져요. 그만큼 당신에게 사람들 관심이 머무르지 않아요. 연예인도 새 삶을 시작할 권리가 있는 거예요. 앞으로 보여주세요. 난 이렇게 변했다고." 그래, 사람들이 생각보다 타인의 실수에 관심이 많은 건 아니야. 버스에서도 사람들이 다 너를 보고 있는 거 같지만, 눈은 가 있어도 마음은 자기 일을 생각 중인 것처럼. 세상은 생각보다 남을 생각하고 있지 않아. 다들 자기 생각들을 하고 있어. 실수하거나 실패했을 땐 그걸 경험으로 바꿔서 부르렴. '열 번 실수(실패)했다'는 '열 번 경험했다'로 말야.

말랄라 유사프자이를 아니? 만 17세로 2015년에 최연소 노벨평화상을 수상한 파키스탄의 여성 교육운동가인 유사프자이. 그가 한 말이 있어. "여러분의 삶이 '이 위기로 무엇을 잃었는가'로 정의하지 말고 이 위기에 어떻게 대응하는가'로 정의하세요." 그래, 무엇을 실수해서 뭘 잃었는가 생각하기보다 그 실수를 어떻게 대응했는지 그것으로 생각하자꾸나. 실수는 하게 돼 있어. 그런데 그걸 어떻게 대처했는지 그게 더 중요한 거야.

" 글을 잘 쓰려면
　　　어떻게 해야 될까? "

잘 쓰는 글은 어떤 글일까. 일단, 마음을 울리는 글이 최고의 글 아닐까. 화려한 수사를 늘어놓는 글은 감탄을 주지만 소박하면서도 진솔한 글들은 감동을 준다. 한 가지 주제에 집중해서 진심으로 쓰는 글 말이다. 에피소드를 넣어도 주제에 맞게 넣고 기승전결의 전개가 있는 글, 마무리가 좋은 글에 마음이 간다. 거기에 물기가 있으면 더욱 더 좋아. 여기서 물기란 감성을 말해. 피천득의 글은 화려한 기교가 없이 그냥 바로 마음에 울림을 준다.

　　오월은 금방 찬물로 세수를 한 스물한 살 청신한 얼굴
　　이다. (…) 내 나이를 세어 무엇하리. 나는 지금 신록 속에
　　살고 있다.

바로 이런 감성 말야. 예전에 20대 때 피천득의 글을 손으로 써보면서 느낀 것은, 화려하지 않지만 감동을 준다

는 것. 그때 필사를 하면서 내 문장력이 많이 훈련됐다는 생각을 한다. 좋아하는 작가가 있으면 그 글을 필사해보라고 하고 싶어. 손으로 문장을 따라 쓰다 보면 눈으로만 읽는 것과는 다른 글쓰기의 기술이 체득되고, 글쓴이의 혼이 전해져 온단다.

노래 가사에도 좋은 문장이 많아. 부활의 노래 '사랑이라는 이름을 더하여'의 가사에 무릎을 탁 친 적이 있어.

눈사람이 녹은 자리 코스모스 피어 있네.

이 한 줄에 인생이 들어 있어. 좋은 가사를 손으로 써보는 것도 추천한다. 글을 쓸 때는 일단 한 가지 주제로 집중해서 쓰되 멋 부리기보다 진실된 느낌으로 마음을 울리게 쓰면 그게 최고로 좋은 글이야. 기승전결의 흐름에 따라 주제에 맞는 에피소드를 넣어 풀어가고, 사람의 캐릭터를 잘 살리면 더 재미있는 글이 되지 않을까.

방송 기획안이든 드라마 시놉시스든 예능 프로그램 기획안이든, 학생이 글짓기 대회에 나갈 때든 기자가 글 쓸 때든 사회에서 설득하는 글을 쓸 때든 이런 질문을 스스로 던져보는 게 좋아. "그래서, 쓰고자 하는 게 뭐야? 네가 얘기하고자 하는 게 뭔데? 한 문장으로 줄여서 말해봐." 그러면 주제가 선명해질 거야.

일단, 일상에서 짧은 글이라도 자주 메모하듯이 낙서하듯이 자주 쓰렴. 그리고 자기 식의 표현을 발견해봐. 네가 좋아하는 명사를 발견하면 그것을 적어놓는 거야. 네가 좋아하는 형용사도 적어놓으렴. 그 단어들이, 그 표현들이 네 글의 중요한 개성이 돼줄 거야. 그게 작가의 시작이겠지? 누구든 작가가 될 수 있는 시대니까.

주의할 점! 글을 써서 인쇄해놓으면 아무리 형편없는 글이라도 왠지 그럴 듯해 보여. 그럼 자기 글이 멋지다고 오만에 빠지기도 하지. 그렇지만 진정한 작가라면 자기

가 쓴 글을 스스로 멋있다고 생각할 때, 그때를 조심하고
경계해야 해.

" 주방에서 즐겁게 요리하려면
                     어떻게 해야 할까요? "

요리란? 세상에서 제일 재미있고 신비한 마법. 흙에서 자란 싱싱한 야채들이 조리를 통해 새롭게 탄생하는 이렇게 멋진 요술이란! 우리 주방에서도 거의 매일 그런 마법이 일어나지. 배달 앱이 편해서 가끔 주문해서도 먹지만, 대부분 집에서 먹고 싶은 요리를 직접 하잖아. 먹는 건 싫증이 안 나. 언제나 설레. 누군가를 위해서 하는 요리도 좋지만 내 자신이 먹을 요리를 하는 것도 아주 소중하고 중요한 일이야. 의무감이 아니라 정말 먹고 싶어서 하기 때문이지.

언젠가 네가 볶음밥을 하고 있었는데 내가 "갓 지은 밥에 김치찜 있는데 그거 먹어"라고 하자 네가 그랬지. "엄마, 지금 난 이걸 먹고 싶어요. 그리고 부탁이 있는데, 내가 밖에 나가면 내 맘대로 할 수 있는 게 하나도 없어요. 그런데 주방에서 내가 먹고 싶은 음식, 내가 골라서 내가 하고 싶은 대로 조리해 먹는 것, 이게 유일하게 내가 현재 누릴 수 있는 자유예요. 그러니 주방에서 이거 먹어라, 저거 먹어라, 엄마가 해주는 거 먹어라, 이런 얘기 하지 말아주세요." 그래. 네 말이 맞다. 넌 하고 싶어서, 그걸 먹고 싶어서 하는 거였지. 엄마가 깜빡한 거야. 바로 "쏘리"를 외쳤어.

주방은 즐거운 곳이야. 새료가 요리로 변하는 마법이 일어나고, 먹었던 그릇들이 깨끗이 씻겨서 맑은 얼굴의 식기가 되고, 예쁜 행주 하나 걸어놓으면 모습도 훈훈해지는 곳. 문제는 해야 할 때, 의무감일 때 짐처럼 느껴지는 거 같아. 내가 해먹고 싶을 때, 또 내가 누군가에게 해주고 싶을 때, 그럴 때 하는 요리는 정말 세상 최고의 즐거움이야.

노동은 원래 즐거운 것이었어. 옛날엔 나무를 베서 집 안에서 쓸 탁자 같은 것도 만들고 앉을 만한 의자 같은 것도 만들어 나눠주기도 했을 거야. 얼마나 재미있었을까. 그것을 이웃집에도 나눠주고 말야. 그런데 어느 순간, 노동이 힘들게 느껴진 순간이 왔어. 대가가 시작되면서부터야. 같은 것을 만들어줬는데 어떤 집은 그 대가로 곡식을 한 가마니나 주는데, 어떤 집은 전혀 대가가 없고. 서로 비교가 되기 시작한 거지. 그냥 하고 싶어서 하던 노동이 점점 대가성 노동으로 바뀌었을 거야. 노동이 제 가치를 못 받으면 화가 났겠지.

원래 사람은 노동을 좋아해. 노동의 기쁨이 있어. 근데 그건 하고 싶을 때 하는 것이 좋은 거야. 강제로 누가 하라고 해서, 뭔가를 얻기 위해서 하다 보니 힘들어진 거야. 주방에서도 억지로 누구를 챙겨줘야 할 때, 때가 되면 밥해서 식구들 먹여야 할 때, 즐겁게 하는데도 다들 고마워하지 않을 때, 내 노동을 가치 절하할 때, 그럴 때 힘들어지는 거지. 주방 일을 365일 의무화한다면 얼마나 힘들겠니.

우리 아들이 스무 살이 됐을 때 내가 주방 해방을 선언했지. 각자 자기가 먹고 싶은 것을 해먹고 식사 시간도 자유롭게 가지기로. 그러다 보니 우리 가족이 밥 먹는 시간이 제각각 다 달라지고, 먹는 것도 다르고, 그러다 또 시간이 겹치면 같이 먹기도 하고, 그런 자유로움이 주방에서 흐르게 되었구나. 그래도 네가 태어나서 20년간은, 같이 먹고 같이 만들고 같이 준비하고 함께하는 시간들을 가졌어. 그 시간은 정말 행복한 시간이었어. 내가 힘들면 아빠가 식사를 준비하고, 아빠가 없을 땐 내가 준비하고, 누구든 먼저 일어선 사람이 설거지도 하고(주로 성격 급한 아빠가 했지만) 그렇게 지냈어. 그것을 지나 지금은 셋다 자유를 획득했지만.

주방은 언제나 행복한 곳이야. 마법이 일어나는 곳. 힐링이 되는 곳. 아무리 바빠도 주방에서 멀어지지 말고 주방에서 많은 힐링을 누리렴. 네 손길이 닿은 음식을 아이에게 먹이고 네 손길이 닿은 요리를 네 사랑하는 사람에게도 먹이는 기쁨을 항상 누리렴. 달라이 라마가 한 인생 조언 중에 이런 말이 있어. '사랑과 요리에는 흠뻑 빠져 보라.'

" 공부는 계속
해야 할까요? "

사람은 왜 계속 공부를 해야 하는 걸까. 외할아버지가 하시던 말이 있어. "저축하는 놈과 공부하는 놈은 못 당한다"고.

저축이란, 돈을 모아서 자기의 미래를 자유롭게 하는 물적 토대를 미련하는 서서는. 그러면 공부하는 이유는 무엇일까. 더 가지려고? 더 빨리 성공하려고? 더 빌딩 높이 쌓으려고? 더 속도 내려고? 아니야. 그건 아니지. 부수지 말아야 할 거 부수지 않고, 내 인생 속도 내가 조절하고, 하와이 야자수보다 건물 더 높게 짓지 않는 것처럼 너무 높게 건물 쌓지 않는 거 의식하고, 지구 전체가 숨 고르기를 해야 하고… 등등 이런 것도 공부를 해야 알기 때문에 우리는 공부를 계속 해야 해.

공부는 하나하나 더 알아가는 성취감을 주므로 인생의

순간순간을 즐기는 데 큰 도움이 돼. 이 세상에서 다른 사람이 흉내 내고 따라할 수 없는, 가장 가치 있는 3가지 습관이 바로 일하는 습관, 건강 관리하는 습관, 공부하는 습관이라잖아. 미국의 심리학자 허바드에 의하면 이 3가지 습관을 가진 사람이라면 그는 이미 천국을 가진 것이래. 습관이 그만큼 중요하다는 뜻이지. 가치관을 넘어서서 현실적인 관점에서도 계속 발전하려면 공부는 필요해. 트렌드 전문가 김용섭 소장도 그의 책에서 이렇게 말했어. 'Long Run 하려면 Long Learn 해야 한다!'.

우리 사회를 얘기할 때 '줄'에 대한 얘기들을 많이 하게 된다. 어느 줄에 서느냐 하는 인맥의 줄도 있을 것이고, 줄을 잘 놓아야 하는 줄도 있고, 줄이 닿아야 하는 줄도 있고, 줄타기를 잘해야 하는 줄도 있겠고 말야. 그러나 가장 중요한 줄은 바로 정신줄이야. 시대가 혼탁하고 복잡할수록 나의 정신줄만큼은 가장 잘 잡고 가야 하는데 그 정신줄은 바로 공부에 달려 있어.

꼭 인문학이나 자신의 직업 영역에 대한 공부가 아니어도, 하다못해 맞춤법이나 시대 감수성, 젠더 감수성에 대해서도 마음의 문을 열어놓고 공부를 해야 한다. 친구들과의 대화만이 아니라 내가 이 시대 필요한 강연을 찾아 듣는 자세 말이지. 하다못해 휴대폰으로 하는 축약 문자에 길들여지면서 무디어질 국어 감각도 공부를 해야 해. 한 남자가 이런 고백을 문자로 보냈대. '널 처음 본 순간부터 내 여자로 삶고 싶었어.' '삼고' 싶다가 아니라 '삶고' 싶었다고 쓴 거 보고 여자는 실망이 되더래. 고구마 삶는 것도 아니고 받침이 치명적으로 틀린 거 보니까 정이 떨어져서 프러포즈를 거절했대.

우리는 변화하는 시대에 따라 어느 부분은 퇴화도 하고 있으니 바로 그런 걸 공부해나가야 해. 듣고 싶은 강연은 얼마든지 쉽게 찾아서 볼 수 있으니 내가 선택하는 것에 따라 내가 완성되고 있을 거야. 성취의 짜릿한 전율을 느끼게 하는 공부는 놓치면 아까운 것이다. 공부를 통해서

한 뼘씩 자라는 내 정신의 키를 확인하는 기쁨을 누리며

살자.

" 봉사와 기부는

꼭 해야 할까요? "

● 지인이 지리산에 등반할 때였어. 스무 살 정도로 보이는 여학생이 지게에 가스통을 메고 산을 오르고 있었다고 해. "학생! 왜 그 무거운 가스통을 메고 산을 올라가요?" 의아해서 물었더니 그 학생이 이렇게 대답했어. "저는 산악부 학생인데요. 산악부 훈련 중입니다." 돌덩이 메고 왔다 갔다 하는 훈련 대신 산장 주인에게 꼭 필요한 가스통을 갖다주는 것이었어. "기왕 훈련하는 거, 봉사도 같이 하면 좋죠!" 스무 살 그 학생의 환한 웃음이 너무 아름답더래. 봉사는 꼭 특별한 것을 하는 게 아니야. 지금 내가 할 수 있는 일로, 할 수 있는 만큼 다른 사람을 돕는 일, 그게 봉사야.

친구가 병원에 입원해 있을 때 이런 이야기도 들었어. 수술 후라서 잘 씻지 못하고 기진맥진 누워 있은 지 5일째. 간호하는 엄마가 물티슈로 몸을 닦아주고 얼굴도 씻겨주셨지만 눌러붙은 머리는 해결 방법이 없었어. 땀은 차고, 가렵고, 답답하고…. 머리 한 번 감아봤으면 원이 없겠다 싶었대.

그런 어느 날, 노란색 옷을 입고 카트를 끌고 들어오시는 아주머니 한 분이 계셨어. "머리 감고 싶으신 분, 머리 감겨드립니다." 그 아주머니는 환자들의 머리를 감겨주는 봉사를 하러 다니시는 거였어. 입원해서 오랜 기간 환자로 지내보았던 아주머니는 머리를 감고 싶어 하는 환자 마음을 누구보다 잘 알게 되었고 그런 봉사를 시작하게 됐다는 거야. 친구는 머리를 감고 나니 머릿속까지 맑아지며 다시 살아갈 초강력 희망을 선물 받은 것 같았다고 해.

자장면 요리를 만들어 봉사하는 중국집 요리사, 결식아동들의 공부방에 피자 선물을 가지고 찾아간 피자 가게 요리사, 독거노인들을 찾아다니며 이발을 해주는 이발사, 불우한 이웃들의 신발을 고쳐주는 구두 수선사… 물질이 아닌 솜씨, 그러니까 재능으로 봉사하는 분들도 참 많단다.

봉사가 어렵지 않느냐는 질문에 그들은 하나같이 이렇게 말한다고 해. 내가 행복해지려고 하는 일이라고. 그런데 그 말이 그냥 하는 말은 아닌가 봐. '테레사 효과'라는 용어가 있는 걸 보면 말야. 테레사 효과는 실험 결과에 따른 것인데, 몇 해 전 하버드 의대에서 아주 흥미로운 실험 결과를 내놓았어. 의대생들을 봉사 활동에 참여시킨 후 체내 면역기능을 측정했더니 크게 증진됐다는 거야. 또 마더 테레사의 전기를 읽게 한 다음 인체 변화를 조사했더니 그것만으로도 생명 능력이 크게 향상되는 것으로 나타났대. 봉사 활동을 하거나 누군가 봉사하는 모습을 보기만 해도 면역 기능이 높아지는 것, 그 현상을 두고 연구진은 테레사 효과라고 이름 붙였어. 봉사를 통해 얻는 기쁨은 결국 나를 위한 것이라는 점에서 고맙고도 즐거운 정보가 아닐 수 없지.

테레사 효과를 입증해주는 록펠러의 일화도 있어. 그는 암에 걸려 1년 시한부 인생을 통고 받았어. 그때 어머니가 그에게 이렇게 말했다는구나. "아들아, 곧 세상을 떠날 텐데 네 마음껏 자선 사업이나 하고 가렴." 록펠러는 그때부터 자선 사업을 시작했어. 그런데 가난한 사람들에게 돈을 아낌없이 주니 가슴이 확 트이면서 마냥 행복해졌어. 결국 록펠러는 의사의 선고에도 불구하고 그 후로 무려 40년이나 더 살았다는 거야. 봉사는 타인도 도와주면서 나도 행복해지는 효능 좋은 보약이 아닐까 싶어.

그리고 고통을 이기는 치료제도 되어준다고 해. 오프라 윈프리는 힘들 때 극복하는 방법에 대해서 이렇게 강조했단다. "상처받았을 때, 다른 상처받은 사람을 도와주세요. 고통받고 있을 때, 다른 사람의 고통을 덜어주세요. 엉망진창의 상황에 처해 있을 때, 거기서 빠져나와 다른 사람도 거기서 나올 수 있게 도와주세요."

봉사의 기쁨은 소유의 기쁨과는 질적으로 다른가 봐. 소유는 아주 짧게 끝나는 행복이고 그 후에는 더한 목마름을 주지만, 봉사는 자꾸자꾸 솟아나는 행복이니까. 네가 가진 시간과 능력과 돈을 조금씩 떼어내서 타인을 위해 쓰렴. 기부는 한 달에 네 수익의 몇 퍼센트를 정해서 작은 돈이라도 꾸준히 하렴. 기부를 하니까 내 창고도 더 많이 쌓이는 신기한 경험을 하게 될 거야. 기부는, 누군가에게 주기만 하는 것이 아니라 나는 더 많이 얻는 것이라는 점, 잘 기억하고 잘 실천하며 살아가자. 다른 사람을 돕는 일은 곧, 네 희망과 비전을 저축하는 일이란다.

"멋진 남자가 되려면
어떻게 해야 해요?"

멋진 남자의 조건은 무엇일까. 첫째는, 자기가 해야 할 일을 잘해놓는 사람이야. 그런 남자, 정말로 멋져. 자기가 할 일을 안 해놓는 남자는 아무리 잘생겨도 소용이 없어. 아무리 멀쩡하고 뒷배경이 화려해도 그건 불꽃놀이처럼 순간이고 지나가버리거든. 그러니 내 할 일을 늘 잘해놓는 사람은 진정 멋지단다.

내 시간 제대로 잘 쓰는 것이 생각보다 어려워. 괜한 일에 낚여서 소진하며 지쳐가기 쉽거든. 컴퓨터를 켜면 할 일이 있어서 켜는 건데 뭔가에 낚여서 한참 헤매기도 하고, 온갖 기사 다 검색해서 보게 되고, 거기다 댓글 읽어보느라 시간 다 보내고, 정작 맑은 정신은 사라지고…. 우리의 시간을 왜 검색에 다 쓰고 지쳐버리는지. 그러다 내가 가진 기운 소진하고 헉헉대며 기운 빠지게 되기도 하지. 내가 할 일부터 하고 그런 것을 읽고 공유하는 것은 괜찮지만 말야. 그러니 내가 할 일 우선순위를 아는 남자가 멋지다.

둘째, 타인에게 정중한 남자가 멋진 남자야. 영업장에서도 친절을 받으려고 하는 게 아니라 상대를 배려하고 예의를 갖추는 마음의 자세. 예를 들어 택시를 타는 것은, 택시비를 내고 거기까지 가도록 해주는 비용일 뿐인데, 마치 자신이 뭔가를 베푸는 것처럼 대우를 요구하는 마음은 꼴불견이야. 집 앞으로 택시를 불렀으면 자신이 택시를 기다려야 하는데 택시가 마치 자신의 자가용인 것처럼 택시를 마냥 기다리게 하는 사람도 있어. 그건 멋진 사람이 아니라 못난 사람의 조건이 된다. 물론 무엇이든 누리는 것은 좋지만 타인에 대한 예의는 기본이란다. 특히 레스토랑에서 서빙하는 직원에게 거드름 피우거나 불친절한 남자. 그런 남자는 최악이야. 그런 사람은 조건에 따라서 언제든 태도가 바뀔 수 있기 때문이야.

셋째, 모든 것을 해피엔딩으로 마무리할 줄 아는 남자야. 설령 갈등이 생기더라도, 실수가 있더라도, 결국 잘 마무리할 수 있게 이끌 줄 아는 남자. 여자들은 자신을 위해 주먹을 쓰는 남자도 경계한다. 나를 위해서 싸우는 거겠지만, 언제 또 저 대상이 바뀔지 모른다고 느껴. 어떻게든 상황을 진정시키고 위험에서 벗어나게 해주는 남자가 좋지, 상황을 악화시키는 남자는 멋진 남자가 아니라 위험한 남자라고 느낀다. 괜히 말썽 피우는 남자가 아니라 위기를 해피엔딩으로 만드는 남자, 이런 남자가 믿음직스럽고 멋지다.

넷째, 참을 줄 아는 남자야. 화를 내고 나서 그 후에 벌어질 상황을 예견할 줄 알고 남의 입장을 헤아릴 줄 아는 남자.

다섯째, 살다 보면 괜한 일에 시간 쓰게 되는데 작은 일을 가지고 싸우지 않는 남자야. 교통 위반 걸린 거 전화해서 따지느라 시간 보내지 말고 바로 내렴. 포인트나 쿠폰 안 준다고 성내는 일 절대로 하지 말렴. 포인트 받으려고 아까운 시간을 기다리고 또 기다리고 이게 왜 적립 안 되느냐고 싸우는 그런 일은 하지 않았으면 해.

여섯째, 멋진 남자는 깨달을 줄 알아. 네가 대학생 때 내게 말해주었던 거 기억나니? 과외하던 학생이 학교에서 머리 검열이 있다며 머리 깎일까 봐 잠을 못 잤다고 했을 때 네가 깨달았다고. 그 시절 자신을 통째로 억압할 정도로 고민되는 일이 나중에 보면 아무것도 아니라는 것을, 그냥 지나가도 되는 일이라는 것을 깨달았다고. 그 얘기를 하는 너를 보며 넌 멋진 남자로 등극했음을 깨달았어. 지금 네가 겪는 인생이 전부인 거 같아도 지나고 나면 아무 일이 아닌 것처럼 흘러간다는 것, 세상은 넓고 인생은 광활하게 펼쳐져 있다는 것을 깨닫는다면 그건 멋진 남자가 된 거야.

일곱째, 고독을 두려워하지 않는 남자. 툭하면 외로워서 전전긍긍하는 남자는 매력 없어. 고독이란 인생의 큰 무대에 서는 사람들에게는 꼭 필요한 거야. 고독과도 친하게 지낸다면 '흔남'이 아니라 '훈남'이고 멋진 남자야. 인간은 누구나 고독한 존재이고 고독을 있는 그대로 받아들이고 즐기는 그릇, 그게 바로 큰 그릇이야.

그리고 하나 더 추가한다면 공간 지각력이 뛰어난 사람이 진짜 멋져 보이거든. 어디를 가든 마치 개미 유전자가 있는 것처럼 기가 막히게 방향을 잘 알고 바로 찾아내는 사람은 정말 멋지지. 공간 지각력이 둔하게 타고난 사람, 즉 길치는 타고난 거라 어지간해서는 고치기 힘들어. 바로 내가 그렇듯이. 그러다 보니 난 길눈이 밝은 사람이 이상형이야. 그러나 길치인 남자도 충분히 그것을 유머로 역전시킬 수 있어. 어떤 방송인은 워낙 길치라 내비게이션이 없을 때는 길을 못 찾아서 찜질방에서 자고 간적도 있었대. 어느 날 큰 건물을 찾아 헤매는데 여자친구가 그러더래. "오빠는 눈에 뻔히 보이는데 저걸 못 찾아? 응?" 그래서 그랬대. "그럼 너는 저기… 눈에 보이는 달나라에 찾아갈 수 있니?" 그랬더니 그녀가 웃더라나. 길치를 면피할 수 있는 강력한 유머! 그건 언제나 통한단다.

이 모든 것은, 바로 멋진 여자가 되는 길도 되겠지. 다른 짐은 다 버려도 늘 지고 살아야 하는 짐은? 멋짐! 우리, 잊지 말자.

지금은 서툴러도
괜찮아

 대학생이던 아들이 갑자기 전화해 물었습니다. "엄마, 친구 아버지가 갑자기 돌아가셨는데 조의금은 얼마를 해야 해요? 그리고 상갓집에 가면 어떻게 해야 해요?" 군대 생활 하면서는 이런 얘기를 했습니다. "동기들이 고민이 참 많아요. 제대하면 어떻게 사회에 첫발을 디딜지 모르겠다고 해요." 어느 날인가는, 병으로 갑자기 세상을 떠난 친구 때문에 방에 틀어박혀 오열하는 아들을 봤습니다. 슬픔에서 빠져나올 때까지 기다려주는 것밖에 엄마로서 할 수 있는 게 없었죠.

처음으로 직장에 나갈 무렵에는 명함을 주고받는 법에서부터 직장상사를 대하는 법까지 궁금한 게 많았습니다. 이제 또 동반자를 만나 결혼을 할 텐데, 좋은 인연을 찾고 결혼을 하기까지도 걱정스러운 게 많습니다.

이 책에는 그렇게, 이제 다 자랐다고 생각되지만 아직도 자라고 있는 아들에게 전해주는, 엄마의 조언들을 담아 봤습니다. 아이한테 직접 말해준 것들을 기록해둔 것도 있고 아이가 군대 갔을 때 쓴 편지글을 옮긴 것도 있어요. 아이에게 직접 말하면 잔소리가 될 내용들을 적어본 것도 있고요.

어쩌면 이 글들은 저에게 하는 잔소리이기도 해요. 제 청춘의 시간을 떠올리며 그때 잘 몰라서 실수하거나 실패했던 것들을 떠올리고 아들만큼은 그러지 말기를 바라는 마음에서 써본 것이죠.

스무 살 시절 들었던 가장 따뜻한 위로는 이 말이었습니다. "지금은 서툴러도 괜찮아." 저도 아이에게 그런 위로를 전하곤 합니다. 청춘의 슬픔은 당연한 것이라고, 청춘의 방황은 오히려 고마운 흔들림이라고. 청춘의 가난은 가난이 아니고, 청춘의 실패는 실패가 아니라 경험이라고. 인생 학교의 학생이 인생에 서툰 건 당연한 거죠. 다만 서툰 발걸음이라고 해도 흔들리지 말라고, 비틀거리지 말라고 마음 졸이며 쓴 엄마의 잔소리 기록장입니다.

하나하나의 제목들은 모두 아이가 질문한 내용 그대로 담아봤습니다. 필요할 때마다 한 장씩, 아이에게 손편지를 건네는 마음으로 전해보기를 권합니다.

그리고… 사회에 첫발을 내딛는 청춘 여러분! 지금은 서툴러도 괜찮아요. 응원할게요!

＊송정림

첫 사회생활을 시작하는 너에게

2021년 9월 30일 초판 1쇄 | 2022년 10월 31일 3쇄 발행

지은이 송정연, 송정림
펴낸이 박시형, 최세현

디자인 정아연
마케팅 양근모, 권금숙, 양봉호, 이주형 **온라인마케팅** 신하은, 정문희, 현나래
디지털콘텐츠 김명래, 최은정, 김혜정 **해외기획** 우정민, 배혜림
경영지원 홍성택, 이진영, 김현우, 강신우
펴낸곳 (주)쌤앤파커스 **출판신고** 2006년 9월 25일 제406-2006-000210호
주소 서울시 마포구 월드컵북로 396 누리꿈스퀘어 비즈니스타워 18층
전화 02-6712-9800 **팩스** 02-6712-9810 **이메일** info@smpk.kr

ⓒ 송정연, 송정림(저작권자와 맺은 특약에 따라 검인을 생략합니다)
ISBN 979-11-6534-408-5 (03810)

쌤앤파커스(Sam&Parkers)는 독자 여러분의 책에 관한 아이디어와 원고 투고를 설레는 마음으로 기다리고 있습니다. 책으로 엮기를 원하는 아이디어가 있으신 분은 이메일 book@smpk.kr로 간단한 개요와 취지, 연락처 등을 보내주세요. 머뭇거리지 말고 문을 두드리세요. 길이 열립니다.